화낼 거냥?

**고양이의 행복한 삶을 위해
집사가 알아야 할 고양이의 속마음**

키티 퍼스킨 지음 ㅣ 임현석 옮김

화낼 거냥?

지혜정원

일러두기

이 책의 맞춤법은 국립국어원에서 정한 한글 맞춤법 및 표준어 규정에 따랐습니다. 단, 작가가 의도적으로 표현한 구어체적 말투나 비속어 등은 원작품이 전달하고자 하는 바를 따라 비표준어이더라도 우리말의 느낌과 가장 비슷한 말로 번역하였습니다. 또한, 문화적 차이로 인해 한국 독자들이 이해하기 어려운 부분은 의역하여 실었음을 밝힙니다.

이 땅의 모든 고양이를 위하여

너는 고양이다. 일단 바닥에 자는 것과 접시에 담긴 사료를 먹는 것에 익숙해지면, 고양이의 삶도 그리 나쁘진 않아. 잠도 실컷 잘 수 있고, 쥐를 장난감 삼아서 놀 수도 있고, 게다가 달콤하고 짜릿한 캐트닙까지! 나무랄 때 없는 삶이야. 한 가지 문제만 제외한다면 말이지.

바로, 그런 삶을 위해선 인간 집사와 함께 살아야만 한다는 사실! 개라면 꼬리를 흔들며 환영할 만한 일이겠지만 우리 고양이들은 원래 고독한 존재니까 그리 달갑지만은 않지. 하지만 '피할 수 없으면 즐겨라'라는 말이 있잖아.

인간과 함께 살아야 하는 것이 고양이의 숙명이라면, 기꺼이 받아들이고 그들의 왕, 그들의 군주가 되어야만 해. 그렇다고 우리가 개처럼 위협적인 태도와 사납게 짖어 대면서 왕좌에 앉을 수는 없잖아? 고양이에게는 고양이의 방식이 따로 있어. 우리는 좀 더 섬세하고 교활해야 해! 인간을 집사로 거느리고 군주로 사는 것은 쉬운 일이 아니야. 고양이를 위한 마키아벨리즘이 필요해.

그래서 이 책이 탄생한 거야. 이 땅의 모든 고양이를 위하여 고양이가 직접 쓴 고양이를 위한 군주론인 셈이지. 간단히 이 책의 구성을 설명해 줄게. 우선 고양이라면 당연히 알아야 할 주제를 뽑아서 나열하고 설명했어. 필요할 때 언제든지 찾아볼 수 있도록. 예를 들어, 어떻게 하면 사고를 치고도 집사의 비난을 무시하고 마음의 평정을 유지할 수 있는지, 변덕스러운 행동을 통해 집사를 지배하는 노하우 그리고 계단을 내려갈 때 집사를 놀려주는 방법 등을 배울 수 있어.

이 책을 빛내는 모든 통찰은 고양이로서 내가 겪은 폭넓은 경험들과 상담을 통해 만난 여러 친구들과의 깊은 대화에서 나온 것이지. 그들의 독특한 시각과 조언은 '고양이의 수다'라는 코너로 적재적소에 수록했어.

이 책을 일관되게 관통하고 있는 것은 고양이는 대접받고 살만한 가치가 있는 존재고, 또 그렇게 살아야만 한다는 나의 신념과 철학이야. 인간이 쉴 장소도 주고 먹을 것도 주는데, 어떻게 고양이가 인간 위에 군림할 수 있냐고? 그것은 우리가 고양이이기 때문이야.

고대 이집트인은 우리를 숭배했고, 중세시대에는 마녀를 돕는 신비로운 존재로 여겨졌어. 만약 아직도 이런 엄연한 진실을 깨닫지 못하고 있는 집사와 살고 있는 고양이가 있다면, 이 책을 정독할 것을 권해. 이 땅의 모든 고양이들이 몽매한 집사들을 잘 이끌어 마땅히 누려야 할 모든 것을 누릴 수 있기를 고대해.

집에서 휴식중인 작가 키티 퍼스킨(Kitty Pusskin)

1. 길냥이

좁은 골목길을 배회하고 다니는 길냥이들이 꼭 집을 잃어버렸거나 길들여지지 않은 야생고양이는 아니야. 이런 고양이들의 목적은 암컷 고양이들에게 거칠고 터프해 보이고 싶은 거야. 나쁜 고양이는 뭔가 설명할 수 없는 매력이 있지.

2. 우두머리와 서열

고양이가 인간과 함께 사는 순간부터 서열은 자연스럽게 결정되지. 우리가 '군주'고, 그들이 '집사'로. 즉 자연스럽게 그 집의 우두머리 수컷 또는 암컷이 되는 셈이지. 어떻게? 그냥! 다른 것들 위에 군림하는 것은 우리 고양잇과 동물들의 DNA에 깊숙이 자리 잡고 있는 숙명과 같은 거야. 우리의 서열을 증명하려고 애써서 발톱을 휘두르거나 '하악'하고 소리를 내서 위협할 필요도 없어. '군주', 즉 우두머리가 되고 나면 다음과 같은 특권을 누릴 수 있어.

- 모든 문을 집사보다 먼저 들어갈 수 있어.

- 모든 계단을 집사보다 먼저 오르고 내릴 수 있지.
- 집 안의 따뜻하고 부드러운 곳이라면 어디든 잠자리로 삼을 수 있어.
- 집사의 어떤 말도 무시할 수 있어.

'법 위에 잠자는 고양이는 보호받지 못 한다'라는 말이 있지. 이 특권들을 매일 같이 행사해서 끊임없이 집사에게 자신의 본분과 서열을 잊지 않게 해야 해. 집사가 측은하다고 너무 잘해주면 서열이 어지러워질 수 있으니까 언제나 단호해야 해. 그러려면 이것만 기억하면 되지. '군주'가 된다는 것은 어떤 상황에서도 네 멋대로 해도 된다는 것! 그럼 간단한 테스트를 통해, 본인이 얼마나 우두머리로 살고 있는지 확인해 봐.

당신은 왕처럼 살고 있는가?

1. 집안의 인간을 어떻게 부르나?
   A. 주인님

B. 주인

C. 집사

2. 잠은 어디서 자는가?

A. 바닥에서

B. 집사의 침대에서

C. 집사 머리나 배 위에서

3. 집사가 외출하면 어떻게 반응하나?

A. 슬프고 외롭다.

B. 잠을 자거나 혼자서 장난감을 가지고 논다. 가끔 창밖을 보
거나 밖을 서성이면서 집사가 오는지 확인한다.

C. 집사가 나갔다고? 언제? 몰랐는데.

4. 계단을 내려갈 때 어떻게 하는가?

A. 집사 뒤를 따른다.

B. 집사에 앞서 내려간다.

C. 집사가 걸려 넘어지게끔 내려간다.

5. 식탁 위에 치킨이 있다면?

A. 집사가 나누어 주기를 기다린다.

B. 다 내 거야. 내 거라고!

C. 당연하다는 듯이, 그냥 식탁으로 뛰어오른다.

6. 집사가 "우리 '귀여운 냥이' 어디에 있니?"라고 부르면 어떻게 반응하나?

   A. 여기요. 여기요.

   B. 내가 귀엽기는 하지.

   C. 무엄하다!

7. 만약 집사가 '내려가!'라고 소리 지르면, 어떻게 반응하나?

   A. 네. 당장 그렇게 할게요.

   B. 내가 내려가고 싶을 때, 내려갈 거야.

   C. 뭐라니?

테스트 결과

주로 A

너는 고양이라기보다는 개라고 할 수 있어.

고양이로서의 정체성을 찾기를 바라.

주로 B

아직은 집을 완전 장악하고 있지는 못하고, 우두머리로서의 당당

함도 부족해. 하지만 좀 더 뻔뻔해지고, 집사의 말을 무시하고, 매사 애매한 태도를 견지한다면, 곧 집에서 누가 가장 위에 있는지 모두 알게 될 거야.

주로 C

그 뻔뻔함과 오만함은 정말 눈이 부셔. 확실히 집안의 주도권을 쥐고 있어. 고양이가 어떻게 살아야 하는지를 보여주는 진정한 본보기야.

[고양이의 수다]

집을 지배하는 자 누구냐고?
당연히 나지.
보면 몰라?

3. 항문낭

고양이 하면 뭐가 제일 먼저 떠오르지? 섬세함, 우아함과 품위 그리고 우월함 등등. 항문낭이나 코를 찌르는 냄새는 우리 고양이와는 어울리지 않는 단어들이야. 그렇지만 이 또한 우리 고양잇과 동물이라면 피할 수 없는 일이지.

솔직히 말하면 (솔직하게 말할 필요가 없다면 굳이 왜 항문 이야기를 꺼내겠어.), 항문낭은 정말 아픈 부위야. 집사들은 조금 순화해서 '향수병'이라고 부르기도 하지만, 아무리 아름답게 포장해도 결국 똥꼬 이야기이지. 항문 옆으로 콩알만 한 2개의 주머니가 있는데, 여기에는 우리 고양이들이 영토를 표시할 때 사용하는 페로몬이 들어있어.

보통은 우리가 큰일을 볼 때, 이 주머니는 자동으로 비워지니까 신경 쓸 필요가 없어. 그런데 종종 그것이 다 비워지지 않고 남는 경우가 있어. 그러면 그곳이 가렵고, 염증을 불러일으켜서, 자꾸 '똥꼬 스키'를 타게 만들어. 바닥에 문지르거나 심하면 물기도 하고 할퀴는 경우도 있어. 어떤 경우에는 항문에서 생선 썩는 냄새가 나기도 해.

증상이 무엇이든 이런 경우에는 집사의 도움이 필요해. (캐트닙(고양이 마약) 중독도 집사의 도움이 필요해.) 운이 좋아서 눈치 빠른 집사와 살고 있다면, 얼른 동물병원에 데리고 가겠지만, 병원비 아끼겠다고 직접 해보려는 집사가 적지 않으니까 각오하라고. 생각해봐! 윤활유를 바른 고무장갑을 끼고 손가락으로 똥꼬를 마구 휘젓는 일을 누구에게 맡겨야겠어? 수의학과 졸업장을 가진 사람과 '까짓것 한번 해보자!' 생각하는 의욕 충만한 집사 중에 말이야.

4. 동물 심리 상담사

집사들이 너를 '고양이 상담소(cat shrink)'에 데려가야겠다고 이야기하는 것을 듣는다고, 너무 놀랄 필요는 없어. 데려가는 장소가 뚱이 고양이가 싱가푸라 종이 되어 나오는 그런 곳은 아니니까. (역자 주: shrink는 정신과 의사, 심리 상담사라는 뜻 이외에 '줄어들게 하다'라는 뜻이 있음) 그곳은 고양이 전문심리치료사 또는 행동교정 전문가가 있는 곳이야. 귀가 얇은 집사들의 지갑을 비우는 데 특출한 재능이 있는 사람들이지. 만약 네가 집사 신발에 응가를 했다면? 이들은 진지한 표정으로 네가 새끼 고양이였을 때 집사가 충분히 쓰다듬어 주지 않아서 생긴 불안감이 무의식적으로 표출된 행동이라고 진단해.

[고양이의 수다]

심리분석을 한다고 고양이 심리학자가 나를 이 벨벳 소파에 앉혔어. 내가 여기 치료받으러 온 이유가 집 안의 가구란 가구는 다 긁어 놓았기 때문인데, 이게 잘하는 짓일까?

5. 발목

인간의 발과 다리를 연결해 주는 관절을 뜻하지. 덕분에 인간들은 상하로도 좌우로도 자유롭게 걸을 수 있어. 하지만 우리 고양이에게는 또 다른 용도가 있어. 집사를 부를 일이 있을 때 누르는 호출용 진동벨 같은 거랄까.

6. 인간 아기

고양이에게 아깽이(새끼고양이) 때가 있다면 인간들에게는 '아기' 때가 있어. 애들이 하는 것이라고는 침 흘리고, 옹알거리고 배에서 이상한 소리를 내는 게 전부야. 그런데 이것만으로도 집안에서 '가장 귀여운 존재'인 우리의 위치를 위협해. 그래서 애들이 좀 자라서 그 '귀여움'이 사라질 때까지는 치사해도 집사의 관심을 끌 방법이 필요해. 꽃병에 몸을 집어넣어 본다든지, 싱크대에서 낮잠을 자는 것도 좋은 생각이야. 필살기로 털실을 몸에 칭칭 감아 보는 것도 괜찮은 방법이지.

7. 등 세우기

우리 고양이들은 많은 수의 척추를 가지고 있지. 덕분에 올림픽 체조 선수도 부러워할 유연함과 각도로 등을 하늘 높게 세울 수가 있어. 이것은 두 가지로 쓸모가 있어. (돋보이게 만드는 것까지 포함하면 셋이지)

1) 깊은 잠에서 깨어났을 때, 근육을 풀어주는 스트레칭으로 아주 그만이고,
2) 우리 몸을 더 크게 보이게 만들어서 위험한 상황에서 적을 위협 하는 데 유용해.

한 가지 단점이라면 우리가 최대로 등을 세웠을 때, 그 사이로 쥐 가 지나갈 수가 있다는 점이야. 얼마나 어이가 없겠어?

8. 스카프와 목수건

이 두 아이템은 멋을 아는 아깽이(새끼고양이)라면 빼놓을 수 없는 것들이지. 잘만 착용하면 야성미가 철철 넘치지. '키티 오브 브라더스'나 '이스트사이드 마우저'와 같은 갱 그룹의 일원처럼 포스가 작렬한다고. 하지만 잘못 착용하면 집사가 목에 매준 턱받이 냅킨 같으니까 조심해야 해. 음식을 질질 흘리는 터프가이 본 적 있니?

[고양이의 수다]

아무도 우리 경리단길 야옹이파를 신경 쓰지 않는 거 같네. (위협적인 갱단의 이름으로는 좀 약한가? 흑냥이파나 쥐잡이파가 나을지도.)

9. 목욕

우리 고양이들은 애당초 목욕 따윈 필요하지 않아. 위생에 관한 한 '자유방임'적 사고를 가진 개들과는 다르다고. 우리는 매일 같이 그루밍을 하면서 항상 청결을 유지하려고 노력해. 우리가 이렇게 하는 데는 3가지 이유가 있어.

1. 기생충을 제거하기 위해서.
2. 털을 항상 깨끗하고 부드럽게 유지하려고.
3. 목욕하기 싫어서!!!

집사들이 깨닫지 못하는 사실이 있어. 우리 고양이들은 혀, 턱 그리고 발바닥과 발톱의 환상적 조합으로 털 깊숙이 숨어 있는 작은 먼지조차도 다 깨끗이 제거할 수 있다는 사실. 그런데도 우리에게 목욕을 시키려고 하는 것은 집사들의 고집과 무지야. 만약 집사가 욕실로 데려갈 기미가 보이면, 고양이 동지 여러분들은 이 하극상에 단호히 대처해야 해. 간디와 같은 비폭력적 의사 표시로는 부족해. 우리를 깨끗하게 만들겠다는 집사들의 고집이 어떤 결과를 가져오는지 그들도 깨달아야만 해. 목욕에 실패하고 땀범벅으로 긁힌 손에 연고를 바르고 반창고를 붙이면서 물 한 방울 안 닿은 뽀송뽀송한 고양이를 보면 뭔가 깨닫는 것이 있게 될 거야.

[고양이의 수다]

이래서 내가 **목욕을 싫어하는 거야.**

135. 물(141쪽) 참조

10. 욕실

이 장소는 집사에게는 매우 중요한 의미를 지닌 곳이야. 변기, 욕조, 샤워기뿐인 이곳은 집사가 진정 혼자 있을 수 있는 유일한 장소인 셈이지. 그들이 고양이와 함께 살고 있지 않다면 말이야.

집사가 욕실에 들어가면, 우리 고양이들은 '야옹'하고 울면서 문을 긁어대기 시작하지. 참다못한 집사는 문을 열어주면서 생각해. '우리 집 고양이는 내가 잠시라도 안 보이면 불안해하는 분리불안장애를 가지고 있구나.'라고. 진짜 이유는? 집사가 혼자만의 시간을 즐기는 꼴을 어떻게 보겠어?

[고양이의 수다]

짜잔!

123. 변기(155쪽) 참조

11. 침구

침대 시트, 침대 커버, 베개, 그리고 이불. 인간에게는 이런 것들이 침구류지. 하지만 우리에게는 다양한 캔버스일 뿐이야. 창의적인 우리의 예술혼을 발산할 훌륭한 도구들이지.

불행히도 인간의 예술적 감수성은 우리 고양이들의 심오한 예술 세계를 받아들이기에는 역부족이야. 예를 들어 이불 위에 찍힌 흙 묻은 우리의 발자국을 그냥 무작위로 더럽혀진 난동쯤으로 치부하지. 하지만 그것은 치밀한 계산에 의한 추상표현주의, 즉 순수미술이라고!

어쩌겠어. 천재는 외면받는 법이지. 그들이 화를 내고 소리 지르는 것은 무시해. 애당초 속물인 집사들이 우리 예술 속에 담긴 반항정신, 무정부주의 그리고 허무주의의 고결함을 이해할 것이라는 기대 자체가 어리석었던 거지. 한 지붕 아래 잭슨 폴록이 살고 있는 줄도 모르고.

80. 침대정돈(106쪽) 참조

12. 구걸하기

우리 고양이들은 구걸 따윈 하지 않아.

음식도 자비도 그리고 용서는 절대로!!

개와 같은 수준으로 내려갈 수는 없는 법이지. 우리 고양이들은 더 귀한 존재라고.

훨씬, 아주 많이, 무지무지 아주 엄청나게.

13. 인간이 우리를 부른다면

인간이 우리를 부르는 소리는 음성 메시지를 확인하는 것이랄까? 급할 게 없다는 뜻이야. 아무도 메시지 체크를 위해 달려가지는 않잖아? 마음이 내킬 때, 여유가 있을 때, 적당히 반응해 주면 그만이야.

그리고 부른다고 바로 달려가면 우리가 아랫사람 같잖아. 자꾸 반응해주면 집사들 버릇 나빠져. 개들이 어떻게 사는지를 반면교사로 삼자고.

인간이 부를 때, 개의 반응

(오두방정을 떨면서) 나요? 나를 원하세요? 정말이죠? 지금 당장? 잠깐만 기다리세요. 지금 가요! 주인님 사랑해요!!

인간이 부를 때, 고양이의 반응

(시큰둥하게) 뭐지? 방금 무슨 소리를 들은 것 같은데.

14. 귀여움

귀여움이 뭔지 알고 싶어? 만약 네가 아깽이(새끼 고양이)라면 잠시 책을 덮고, 거울을 봐. 그 안에 뭔가 너를 쳐다보는 것이 있지? 그게 바로, 인간들이 '귀여움'이라고 부르는 거야.

이것은 설명하기 어려운 개념이야. 물론 우리 고양이들은 복슬복슬한 몸, 엄청 큰 눈 그리고 귀엽고 애처로운 표정 등을 지을 수 있어. 하지만 귀여움은 그것들과는 별개로 그냥 존재하는 것이야. 바로 '너 자신'이란다.

우리는 귀여움을 얻기 위해 따로 노력할 필요가 없어. 만약 소파를 긁어 놓았다든가, 뭔가를 깨트렸거나, 어디다 응가를 해놨을 때, 우리는 이 '귀여움'을 사용해야 해. 블루마블 게임 속 '무인도 탈출권'과 같은 셈이지. 있을 때 최대한 사용해야 해. 태어나서 5~6개월이 지나면 조금씩 사라지거든. (마치 10대가 된 인간들처럼)

[고양이의 수다]

이런 표정이면, 세상이 다 내 거야.
화낼 거냥?

15. 배 내밀어 집사 낚기

상상해봐. 문득 갑자기 무엇인가를 긁고 싶은 충동이 생겼다고. 마당에 긁기 딱 좋은 나무가 하나 있긴 한데, 하필 비가 내려서 포기할 수밖에 없어. 집사가 사다 놓은 스크래칭 포스트는 더 이상 재미가 없고, 저번에 긁다가 엉덩이를 맞은 앤틱 의자 다리는 좀 꺼려져.

바로 이런 상황에서 사용할 수 있는 딱 좋은 방법이 있지. 일단 집사 옆에서 배를 드러내 놓고 벌렁 누워! 그러면 집사는 우리 배를 쓰다듬고 싶은 충동을 참을 수 없게 되겠지. 잠시 그렇게 만지게 두었다가 갑자기 '팍!'하고 몸을 재빠르게 돌려서 집사를 한 번 긁어버리는 거야.

도대체 집사들은 이해가 안 가. 어떻게 똑같은 수법에 그렇게 매번 당하는지.

99. 인간과 놀기(130쪽) 참조

16. 새

눈앞에 보이는 작은 새는 완벽한 먹잇감이야. 크기도 적당하고, 씹는 맛이 끝내주지. 게다가 땅에서 짹짹 소리를 내면서 폴짝 뛰어다니는데 우리가 어떻게 가만있을 수 있겠어. 하지만 잡으려고 섣불리 시도하지 마. 오랜 세월에 걸쳐서 새들은 재빠르게 피하는 기술을 진화시켜 왔거든. 우리 고양이들에게 수없이 많은 헛발질의 민망함을 느끼게 하면서 말이지. 진지하게 덤벼들었다가 새가 하늘로 날아가 버리면 얼마나 뻘쭘한데.

새에 대해서 우리가 알아야 할 3가지 사실

1. 새들은 날 수 있다.
2. 우리는 날 수 없다.
3. 날아보려고 시도하지 마.

앵무새

못된 집사들은 우리를 골리는 방법을 알고 있어. 이 화려하고 조그만 새를 손에 닿을 수 있는 곳에 놓아두고는, 튼튼한 새장으로 우리와 새

사이를 가로막지.

앵무새는 2가지 역할을 하지.

• 인간, 특히 어린 아이들을 즐겁게 해주고.

• 고양이들에게는 좌절을 가르쳐주지.

[고양이의 수다]

아, 맛있는 간식이 저기에...
너무 가깝고도 너무나 먼 너...
이것이 바로 희망 고문

[고양이의 수다]

.... (말할 수 없는 상황)

17. 물기

집사의 말은 무시하라고 있는 거야. '누워!', '그만해!', '가슴에서 내려와', '숨 막힌다' 등등. 그래도 우리가 무시할 수 없는 격언이 있지. '네게 먹이를 주는 손을 절대 물지 마라!'

여기에는 2가지 합리적인 이유가 있어.

1. 이 말을 무시하면, 집사의 고함 소리를 듣게 되거나, 물총에 맞을 수도 있으니까.
2. 네가 손을 너무 세게 물어서 집사가 치료받으면, 밥은 누가 챙겨주니?

18. 방광

심장도 뇌도 아니야. 간이나 췌장은 더욱더 아니야. 인간의 장기 중 가장 중요한 곳은 방광이야. 우리 고양이들은 그것을 '알람시계'라고 부르지. 그것이 복부 어디쯤 위치하는지 정확하게 파악해둬. 배고플 때 그곳을 누르거나, '꾹꾹이'를 해주면 아무리 깊은 잠에 빠진 집사도 벌떡 일어나 밥을 챙겨주는 마술의 버튼이니까.

131. 인간 깨우기(165쪽) 참조

19. 비난하기

이 책의 핵심을 요약하라면 나는 이렇게 말하겠어. 우리는 개가 아니다. 우리는 고양이다!

개와 우리의 차이는 '비난'에 대처하는 우리 고양이들의 태도를 보면 알 수 있어. 한 마디로, 개들은 비난을 받아들이지만 우리는 그렇지 않아.

한 번 상상해봐. 거실에 있던 네가 무심코 꼬리로 테이블 위의 무엇인가를 쳤는데, 그게 바닥에 떨어져 산산조각이 났다고. 그런데 곧 집사가 들어와서 깨진 그것을 본 거야. 이런 시츄에이션에서 개와 우리의 반응은 천지 차이지.

개의 반응

표정에 죄책감과 당황함을 감추지 못하고 이렇게 말하지. '너무너무너무 죄송해요. 제가 바보 같은 실수를 했어요. 다시는 안 그럴게요. 주인님. 제가 사랑하는 것 알죠?'

고양이의 반응

아무런 일도 없다는 듯이 태연하고, 눈과 표정으로 이렇게 말해. '뭐? 뭐가 깨졌다고? 난 모르겠는데. 또 개가 사고를 쳤나 보네.'

20. 버터 바른 고양이 역설

제대로 읽은 것 맞아.

인간의 호기심은 참 엉뚱하고 어이가 없어. 인간은 심심하고 시간이 남아돌면 엉뚱한 생각을 하기 마련인데 이것도 그중의 하나야.

인간은 우리 고양이들은 높은 곳에서 떨어져도 발로 착지할 수 있다는 사실을 아주 오래전부터 알고 있었지. 그런데 누군가 오래된 격언인 '버터를 바른 토스트는 꼭 버터 바른쪽으로 떨어진다'는 말을 떠올리고는 궁금해진 거야. '만약 고양이 등에 버터를 바르고 높은 곳에서 떨어트리면 발로 착지할까, 아니면 등으로 떨어질까?'하고.

설마 이 바보 같은 가설을 입증하려고, 고양이를 상대로 실험해보려는 인간이 어디 있겠냐고 생각할 수도 있겠지만, 하지만 또 알아? 만약 버터를 손에 들고 너를 쳐다보며 기분 나쁜 미소를 짓고 있는 인간이 있다면, 무조건 달아나. 배부른 실험용 고양이가 되는 것보다 차라리 배고픈 것이 낫잖아.

91. 아홉 개의 목숨(121쪽), 104. 슈뢰딩거(134쪽) 참조

21. 똥꼬 냄새 맡기

고양이들은 입천장에 8천만 개가 넘는 냄새수용기관과 특별한 후각 센서가 있어서 인간보다 15배나 더 민감하게 냄새를 맡을 수 있어. 좋은 점은 이웃집에서 굽는 생선 냄새도 맡을 수 있다는 거지만, 그 만큼 악취도 15배나 지독하다는 단점이 있어.

우리는 후각을 이용해서, 동네 고양이들의 온갖 정보를 쉽게 수집할 수가 있어. 그러기 위해서는 다른 고양이들의 엉덩이 냄새를 맡아야만 해. 인간(특히 집사)들이 우리의 정보교환행위를 어떻게 생각하는지 신경 쓸 필요는 없어. 자연스럽고 정상적인 행동이니까. 일부 아깽이(새끼 고양이)의 일탈 행위가 아니라고. 인간들이 서로 트위터를 주고받는 것과 같은 것이지.

고양이의 항문낭에서 나오는 냄새는 성별, 감정 상태와 기질에 관

한 정보를 전달해주지만, 꼭 항문에 코를 박고 가까이서 맡을 필요는 없어. 우리의 예리한 후각은 바닥에서 올라오는 작은 냄새만으로도 이런 정보들을 얻을 수 있거든.

사실 우리가 다른 고양이의 엉덩이에 코를 박고 킁킁거리는 이유는 다른 데 있어. 냄새를 맡은 이후 곧바로 집사에게 달려가 그 코로 얼굴을 문질러주면 아주 기겁을 하거든. 삶의 낙은 소소한 것들에서 재미를 찾는 거지.

22. 자동차 보닛

재규어, 포드 퓨마처럼 우리 고양잇과 이름을 가졌든 그렇지 않든지 상관없어. 세상의 모든 자동차 보닛만큼 잠자기 좋은 장소는 없어. 하지만 세상일이 그렇게 만만하지 않지. 만족스럽고 아늑한 수면을 즐기기 위해선 몇 가지 지켜야 할 규칙이 있으니까.

규칙1
따뜻한 보닛을 선택할 것.

규칙2

안전을 위해, 꼭 정차되어 있는 차를 선택할 것.

23. 골판지 상자

골판지 상자는 모든 고양이를 체셔 고양이(역자 주: 체셔 고양이는 '이상한 나라의 앨리스'에 등장하는 미소 짓는 얼굴의 고양이를 말한다.)처럼 웃게 만드는 힘이 있어. 인간에게는 단지 물건을 담는 속이 빈 상자일 뿐이겠지. 하지만 우리 고양이에게는 먼 조상들이 야생의 위험들로부터 몸을 숨겼던 비밀 은신처를 연상시켜. 우리 조상은 이런 곳에 숨어서 안전과 휴식을 얻었고, 지나가는 먹잇감을 기습적으로 덮치곤 했어. 지금이야 박스에서 뛰쳐나가 발톱으로 잡아채는 것은 설치류가 아니라 집사의 발목이나 실뭉치 정도지만 말이야.

[고양이의 수다]

나는 타고난 야생의 사냥꾼, 이곳은 나의 비밀 아지트다!
집사야. 근데 너 왜 자꾸 웃어?

24. 자동차

차에 대에서 알아 두어야 할 것은 단 한 가지야.

'다리가 4개인 것은 좋지만, 바퀴가 4개인 것은 나쁘다.'

개들은 모든 것을 쉽게 얻지. 차 뒷좌석에 자리를 잡고는 창문 밖으로 머리를 내밀어 바람으로 마사지를 받고 거기에 실려 오는 온갖 냄새를 즐기기까지 한다고. 반면에 우리 고양이들은 캣 캐리어 안에 갇혀서 꼼짝도 못 하지. 차 안에서의 즐거움을 누릴 기회 같은 것은 주어지지 않아. 우리가 경험하는 것이라고는 집사가 우리의 안위는 안중에도 없이 코너를 돌아 재끼거나 과속 방지턱을 넘을 때마다, 캐리어 바닥을 꽉 움켜잡거나 안에서 이리저리 휘청거리는 게 전부라고.

속이 메슥거리는 것보다 더 끔찍한 것은? 그렇게 고생고생해서 도착한 곳은 대부분 동물병원이라는 점이지.

자동차 여행의 진실

네가 간다고 생각하는 곳	실제 도착하는 곳
휴가	동물병원
애완 미용실	동물병원
캣 쇼	동물병원
동물병원	고양이 분양소, 고양이 호텔

26. 캣 캐리어(38쪽) 참조

25. 고양이 침대에 대한 간단한 안내

집사가 우리 고양이에게 침대를 제공하지만, 대안은 많으니까 자신에게 적절하고 편안한 침대를 찾는 것이 중요해. 여기서 적절하다는 것은 적어도 이웃의 다른 고양이들에게 놀림감이 되지 말아야 한다는 뜻이야.

• 고양이 동굴
동굴이라는 단어에 흥분했다면 흥분을 거두는 게 좋아. 우리가 아는 그 편안한 동굴이 아니라 고양이 침대의 한 종류니까. 이름이 암시하듯이, 조금 동굴과 같은 구조로 되어 있기는 해. 입구는 비교적 좁고 사생활 보호에도 좋지. 다만 폐소공포증이 있다면 비추야.

• 고양이 이글루
고양이 동굴의 변형인데 이글루가 연상시키는 아늑함을 구현하고자 만들어졌어. 근데 인간들은 종종 몸에 '딱 맞는' 것과 '꽉 끼는' 것을 착각하는 것 같아.

• 고양이 인디언 텐트
아메리카 원주민들이 많은 고통을 받았다는 것은 알고 있겠지? 이 자부심 강한 원주민들이 살던 집의 형태를 고양이 크기에 맞게 축소

한 것이 이 고양이 침대야. 문제는 아직 살아 있는 원주민들의 후손은 선조들의 전통이 우롱당한다고 생각할 수도 있다는 거야. 이들의 자부심을 지켜주는 의미에서 이 침대는 피하는 것이 좋겠어.

• 쓰리인원(3 in 1) 침대

고양이 세 마리가 한 침대를 쓰는 형태는 아니니 안심해. 몇 가지 작업을 거치면 고양이 침대, 고양이 동굴, 고양이 소파로 변신할 수 있게끔 만들어졌는데, 그 어느 용도도 만족스럽지 않아. 세 배의 편리성을 추구했겠지만 결과는 세배로 불편해.

• 라디에이터 해먹

모양은 해먹처럼 생겼는데, 그걸 매다는 곳이 라디에이터라는 점에선 크게 달라. 아마 이걸 만든 녀석은 라디에이터에서 나오는 열기가 고양이들을 더 아늑하게 해줄 거라고 생각했을 거야. 하지만 바로 그 열기 때문에 사우나에 있는 것 같지. 수면 시간도 줄이고 체중도 줄이고 싶은 고양이라면 강추해!

• 고양이 오두막

아무리 봐도 개집하고 똑같이 생긴 이 집을 왜 고양이 오두막이라고 부르는지 나는 이해할 수가 없지만, 어쩌겠어? 나는 마케팅에 대해서 아는 것이 없으니.

고양이 캡슐

내가 만약 화성 탐사를 수행하는 첫 번째 고양이라면 이런 침대를 고르겠지만, 나는 지구의 좋은 집에서 살고 있으니, 더 편안하고 아늑한 일반 침대가 좋아. 패션을 선도하는, 아방가르드적인 혹은 집사들이 보기에 '쿨'한 그런 침대는 제발 사양해.

타원형 고양이 침대

그래, 드디어 나왔군! 괜히 고양이 침대의 표준이라고 불리겠어? 바닥은 푹신한 양털로 덮여있어서 잠을 잘 때도, 앉아서 꼼지락거릴 때도 아주 제격이야. 고양이에게 이보다 더 좋은 침대는 없어.

고양이 침대보다 수면에 더 적합한 추천 장소 10

물론 우리 고양이들은 어디든 우리가 자고 싶은 데서 잘 수 있어.

더 아늑한 낮잠을 위한 장소를 찾고 있다면, 고양이가 낮잠을 자기에 딱 좋은 장소는 집사가 화를 내기에 딱 좋은 장소라는 것을 기억해.

다음 추천 장소는 나와 나의 고양이 친구들이 다년간 조사한 방대한 데이터를 기준으로 선정한 곳들이야.

1. 깨끗한 세탁물 위

2. 중요한 서류 위

3. 컴퓨터 키보드/프린터/스캐너 위

4. 컴퓨터 키보드와 스크린 사이

5. 문 바로 앞

6. 통로 한가운데

7. 속옷이 담긴 서랍 안

8. 모래 화장실 안

9. 차 열쇠 위 (특히 집사가 열심히 찾고 있을 때)

10. 잠자고 있는 집사의 머리 위

[고양이의 수다]

이게 내 새 침대라고? 흠… 내가 상상한 것은 이게 아닌데.

26. 캣 캐리어

집사는 캣 캐리어라고 부르지만, 우리 고양이들에게는 이동식 감옥과 같은 것이야. 차로 이동을 해야 할 때, 집사들은 우리를 여기에 아무렇게나 아주 무례하게 집어넣어. 집사들은 우리를 차 안에 그냥 태웠다가는 운전이 시작되면 우리가 정신 줄을 놓을 거라고 걱정을 해. 예를 들어, 운전 중인 집사의 머리 위에 올라탄다거나, 운전대 사이의 틈으로 머리를 집어넣거나, 대시보드 위를 돌아다닐 거라고 생각하는 거야. 음... 사실 집사들 생각이 맞기는 하지. 아무리 작은 차라고 해도, 우리 고양이들이 신나게 헤집고 다니기에 충분한 공간은 늘 있으니까.

이동식 감옥 안에서 시간을 보내는 3가지 방법

1. 1분마다 캐리어의 틈을 긁어. 이 행위는 네가 지금 부당하게 갇혀있다는 사실을 스스로에게 각인시키고, 혹시 나중에 있을지 모르는 고양이 동물권 침해 재판에서 너의 저항의 유용한 증거로 쓰일 수 있어.
2. 구슬프게 하모니카를 연주해봐. 앞발이 하모니카를 연주하기에 부적절하다고? 그럼 계속 울어서 심정을 표현할 수밖에.
3. 캐리어에 밥그릇이 있다면 주기적으로 쳐서 소리를 내!

[고양이의 수다]

어애! 이 철창이 나를 가둘 수 있다고 생각
하는 거냐?

27. 고양이 문

인간이 발명한 가장 위대한 발명품은? 바퀴, 전구, 내연기관이 아니
야. 그렇다고 인터넷, 페니실린도 아니고 피부 유형을 알려주는 최첨
단 미용 스캐너는 더욱더 아니지.

그건 바로 '고양이 문'이라고!

고양이 문이 없던 시절의 고양이들의 삶이 어땠을지 상상도 가지
않아. 집을 나가고 들어올 때마다 집사가 들을 수 있도록 울어야 했
던 시절은 고양이 역사의 암흑기였을 거야. 독립적인 우리 고양이 선
조들이 집을 나가고 들어갈 때마다 집사의 힘을 빌려야 한다는 사실
에 자존심이 얼마나 상하셨을까.

이 장치 덕분에 이제 우리는 마음 내키는 대로 언제든 집에 들어가
고 나올 수 있게 되었지. 최근 개발된 최첨단 고양이 문은 너의 몸에

심어진 마이크로 칩을 탐지해서 오직 너에게만 문을 열어주지. 다른 떠돌이 고양이들이 고양이 문을 통해 무단으로 들어와 너의 사료를 먹어치우고 너의 장난감을 가지고 놀던 시대는 곧 옛말이 될지도 몰라.

물론 이것은 반대로 해석하면, 네가 다른 집 고양이 문을 통해서 몰래 사료를 먹어치우고, 장난감을 가지고 놀던 즐거운 기억도 추억이 된다는 뜻이기도 하지.

세상일이 다 그렇잖아. 얻는 것이 있으면 잃는 것도 있지.

🐾 근데, 유명한 인간 과학자 뉴턴이 고양이 문을 발명했다고 알려져 있더라고. 그래, 나 역시 잘 믿기지 않아. 고작 운동의 3법칙을 발견한 실력으로 고양이 문 같은 천재적 발상이 가능했을 리 없잖아?

28. 틈틈이 낮잠

고양이로서, 건강과 행복에 가장 중요한 것은 충분한 휴식이야. 휴식을 취하는 가장 손쉬운 방법은 낮잠을 자주 자는 거지. 낮 동안에 틈틈이, 그리고 긴 수면 사이로 또 틈틈이.

[고양이의 수다]

음냐… 음냐… 나는 꿈속에서 잠을 자는 꿈을 꾸고 있다.

112. 잠(141쪽) 참조

29. 캐트닙

'개박하'라고도 불리는 이 식물의 정식 명칭은 '네페타 카타리아 (Nepetar Cataria)'야. 하지만 고양이들 사이에서는 '야옹이 뽕'으로 더 알려져 있지. 집사들은 이 식물의 향이 밴 장난감이나 스크래칭 포스트를 주고는 우리가 얼마나 흥분하는지를 보고 싶어 해.

그건 사실이야. 이 식물에 들어 있는 물질이 고양이 뇌에 쾌감을 일으키는 곳을 자극하기 때문이야. 그래서 여기에 노출되면 우리 고양이들은 몸을 뒤집고, 뛰고, 구르고 난리도 아니야. 캐트닙을 맡아 본 고양이라면 다 알겠지만, 이 흥분 상태와 기분은 한동안 지속되지.

캐트닙의 효과

캐트닙은 네 몸의 모든 것을 빠르게 해. 심장박동수도 빨라지고, 야옹 소리도 그르렁거리는 소리도 빨라지지. 새나 자기 꼬리도 더 빠르게 잡을 수 있게 되고, 수면 시간이 부쩍 줄어들어. 하루에 9시간 정도. 그리고 아무 이유 없이 기분이 좋고 행복해. 집사가 저녁에 먹고 남겨 놓은 닭고기를 발견했을 때처럼.

이런 극단적인 기쁨과 흥분이 지나가면 모든 마약이 가진 부작용이 나타나기 시작해. 우울해지고 슬퍼져. 신경은 예민해지고 불안해져. 마치 동물병원에 가기 전날 밤의 감정과 비슷하지만, 그 정도가 훨씬 강해. 옆 동네 큰 수고양이가 너를 노리고 있다는 망상에 빠질 수도 있어.

역설적이게도 이럴 때 가장 갈망하게 되는 것이 캐트닙이야. 그러면 다시 흥분하고 기분이 좋아지고, 우울한 기분도 날려 보낼 수 있으니까. 그럼 그 약효가 사라지면? 이렇게 악순환은 반복되는 거야.

당신도 캐트닙 중독인가? 캐트닙 중독 자가테스트

1. 당신의 캐트닙 사용이 다른 고양이 친구들과 새끼 고양이와의
   관계에 방해가 될 정도인가?

   [ ] 예 [ ] 아니요

2. 곧 캐트닙을 맡을 생각만 해도 흥분되는가?

   [ ] 예 [ ] 아니요

3. 빨랫줄에 앉은 참새들이 당신에게 말을 건 적이 있는가?

   [ ] 예 [ ] 아니요

4. 캐트닙을 맡고 싶은 충동을 통제할 수 없다고 느끼는가?

   [ ] 예 [ ] 아니요

5. 주위 고양이 친구들에게 캐트닙 사용 횟수를 속인 적이 있는가?

[ ] 예 [ ] 아니요

6. 만성적으로 콧물과 코피가 나오는가?

[ ] 예 [ ] 아니요

7. 캐트닙을 끊으려고 시도했으나 실패한 적이 있는가?

[ ] 예 [ ] 아니요

8. 이유 없이 불안하고 긴장되는가? (마치 큰 개와 방을 같이 쓰게 되었을 때처럼)

[ ] 예 [ ] 아니요

9. 캐트닙 때문에 평소라면 어울리지 않았을 고양이 친구들과 함께 어울리는가?

[ ] 예 [ ] 아니요

10. 닭고기나 칠면조 고기를 보고도 식욕을 느끼지 못한 때가 있는가?

[ ] 예 [ ] 아니요

테스트 결과

위 질문에 하나 이상 예라고 대답했다면 캐트닙 중독일 수 있어. 치료의 첫 단계는 자신이 문제가 있다는 것을 인식하고 인정하는 거야. 중독에서 벗어나기 위해선 솔직함과 용기가 꼭 필요하다는 것을 명심해.

캐트닙 중독 치유 단체

캐트닙 중독으로부터 자유로워지기를 원하는 고양이들의 단체인데 품종과 상관없이 도움이 필요한 고양이면 누구라도 가입할 수 있어. (심지어 진저 고양이도 상관없어) 신원은 익명으로 보장해주지. 가입 조건은 캐트닙 중독에서 벗어나고자 하는 의지만 있으면 충분해. 1935년 설립된 이후, 전 세계 200만 마리 이상의 고양이들이 여기에서 새 삶을 찾았어.

[고양이의 수다]

못된 친구들과 어울리다가 캐트닙에 빠지게 되었어. 하루에 7~8회 흡입을 했어. 다행히, 다 지나간 이야기야. 지금은 아주 가끔만 사용해.

30. 고양이 철학

행복한 고양이의 삶을 살고 싶다면 몇 가지 따라야 할 삶의 윤리 원칙이 있어. 이 오래된 지혜는 현명한 고양이들의 가르침이야. 인간 세계에 비유하자면 고양이계의 플라톤과 칸트라고 할 수 있지. 이들의 3가지 원칙을 준수한다면, 언제까지나 유유자적한 고양이의 삶을 누릴 수 있어.

고양이가 지켜야 할 중요한 3가지 원칙

- 일이 뜻대로 풀리지 않으면, 낮잠을 자라.
- 한 번에 성공하지 못한다면, 낮잠을 자라.
- 별문제가 없다면, 낮잠을 자라.

31. 캣 쇼

개들은 보통 집에서 서열이 낮아. 그러니 낮은 자존감으로 늘 불안하고 겁먹은 모습을 보이지. 그런 개들이 낯선 사람들 앞에 주인공이 되어서 쇼를 즐긴다는 것은 애당초 무리야. 하지만 우리 고양이들은 달라. 멋지게 치장하고 뽐내며 우아하게 걷는 것은 고양이의 본성과 맞닿아 있어. 괜히 인간들이 관객석을 향해 길게 뻗은 길을 '캣 워크(cat walk)'라고 부르겠어? 오직 우리가 신경 쓸 것은 우리를 위해 멍석을 깔아놓은 집사들에게 기품이 뭔지 보여주는 거야.

캣 쇼는 두 종류가 있어. 프로(족보 있는 고양이)를 위한 쇼, 그리고 아마추어(일반 고양이)를 위한 쇼.

프로를 위한 캣 쇼의 3가지 특징

1. 심사의원들이 어~엄청 진지하지. 그들이 세상 진지하게 심사하는 대상은 노벨상 후보가 아니라 고양이들인데 말이야.
2. 역설적이게도 고양이처럼 행동해서는 우승할 수가 없어. ('야옹' 하고 운다든지, 꼬리를 휘두르거나 쥐를 보고 쫓아가는 등)
3. 집사가 쇼 내내 극도로 예민하고 자신들이 혈통 있는 고양이인 마냥 심각한 표정으로 굳어 있어.

아마추어를 위한 캣 쇼의 3가지 특징

1. 쇼 선정 분야에 '가장 귀여운 아깽이' 혹은 '가장 복슬복슬한 꼬리' 같은 게 있지.
2. 무대에서 소변을 보면, 관중들이 막 즐겁게 웃어.
3. 고환이 없어도 전혀 핸디캡이 되지 않아.

캣 쇼의 성공적인 워킹을 위한 5가지 팁

1. 명심해. 필요한 것은 풍성한 털이 아니라, 두꺼운 낯짝이야. 도도하게 보여야 한다는 말이야. 인간들의 미인 대회처럼 너는 가장 '고양이다운' 경쟁자들에게 둘러싸이게 된다고. 가장 '고양이답다'는 것은 너 자신 이외에는 안중에도 없다는 뜻이야.
2. 대회 전날 푹 자두는 것이 좋아. 평소처럼 12시간에서 16시간으로는 부족해. 18시간 이상의 수면이 필요해.
3. 미리 화장실에 다녀와. 쇼가 시작하면 이 조언이 제일 고마울 걸.
4. 절대로 기죽지 마! 오만한 샴 고양이와 귀여운 페르시안 고양이 옆에 서면 그 크던 자신감도 온데간데없을지도 모르지. 그러면 스스로의 외모에 너무 야박해지니까 조심해야 해. (스핑크스 고양이! 너 들으라고 하는 말이야. 기죽지 마.)
5. 심사의원이나 다른 고양이가 너를 짜증 나게 하면(콘테스트야, 당

연히 일어날 일들이라고), 오른쪽 뺨도 내밀어. 대회가 끝나고 나면 손봐줄 시간은 충분하니까.

[고양이의 수다]

캣 쇼 우승의 비밀을 알려줄까?
어떤 상황에서도 건방진 태도를 유지해야 해.

32. 고양이 호텔

집사가 휴가로 장시간 집을 비워야 할 때, 우리 고양이들이 가게 되는 곳이야. 집사들은 이곳을 고양이 호텔이라고 그럴듯하게 말하기 때문에, 처음 들었을 때는 뭔가 근사한 것을 기대하게 될지도 모르지. 느긋하게 쉬면서 고갯짓 하나로 간식을 가져다주는 '임시 집사'들이 늘 옆에 붙어 있는 것을 상상하면서 말이야. 하지만 현실은 냉혹한 법이야. 이곳을 운영하는 사람들은 '호텔'과 '수용소'를 혼동하고 있는 것 같아. 우리 고양이들이 지내게 될 곳은 관타나모 수용소의 럭셔리하게 꾸며진 감방 같은 곳이지.

시설이 끔찍한 고양이 호텔의 5가지 특징

1. 숙소를 보자마자 토하고 싶어진다. 헤어볼 때문이 아니고.
2. 침대에는 정체불명의 털이 놓여있다. 물론 내 것은 아니지.
3. 맞은편의 고양이가 계속 안절부절못한다.
4. 복도에 울려 퍼지는 고양이들의 '야옹' 소리에 여러 번 잠을 깨게 된다. '날 내보내 줘!'
5. 집에 돌아갈 때면 벼룩이 함께 따라가지.

33. 캣 타워

도대체 집사들은 무슨 생각으로 그 비싼 돈을 주고 이런 것을 사는 거지? 물론 우리가 거기서 신나게 놀 거나 편안히 휴식을 취할 거라고 생각했겠지. 정말 그럴 거 같아? 끔찍하다고! 우리 고양이들이 캣 타워에서 신나게 노는 것 본 적 있어? 차라리 물이 가득 담긴 싱크대가 낫겠어.

다양한 가격대가 있는데, 보통 단순한 집사들은 비싸면 더 좋은 거고 우리가 더 좋아할 거라고 생각해. 이것저것 더 요란하게만 생겼는데 말이야.

[고양이의 수다]

캣 타워... 내가 즐거워 보여?

34. 의자

의자에 관해 명심해야 할 것은 딱 2가지뿐이야.

1. 무심하게 의자 주위를 어슬렁거려. '음, 의자군. 나는 정말 의자
   따위에는 관심이 없어.'와 같은 느낌으로.

2. 그러다가 집사가 의자에 앉을 기미를 보이면, 냉큼 올라가서 자
   리를 차지하고 앉는 거야.

[고양이의 수다]

왜? 네 의자라고? 어디 먼저 침이라도 발라놨어?
먼저 앉는 자가 임자야!

35. 쫓기

무엇을 쫓는 것은 고양이의 본능일 뿐만 아니라, 하기도 쉽고 아주 신나는 일이지.

　게다가 부담감도 전혀 없어. 쫓고 있는 것을 꼭 잡아야 하는 것은 아니니까. 흥분과 짜릿함은 쫓는 행위 그 자체에 있는 거라고.

쫓는 방법

　1. 무언가 빠르게 움직이는 것을 쫓는다.

　2. 끝

쫓기에 좋은 것	쫓기에 좋지 않은 것
공 털실 한 뭉치 쥐 새 다람쥐 치와와 거미 캣닙 냄새가 나는 모든 것	멈춰 있는 것 큰 개 자신의 꼬리(그러다 두통 생겨.)

36. 씹기

먹을 수 없는 것을 씹는 것은 야만과 무지, 문명화되지 못했다는 것을 보여주는 분명한 징표지. 그래서 개들이 그렇게 아무거나 씹어대는 거라고. 그럼 우리 고양이는? 물론 우리도 씹지만, 특히 인간의 소유물만 골라서 씹지.

아깽이(새끼 고양이)들은 이가 처음 날 때의 고통을 줄이려고 이것저것 씹어. 하지만 성인 고양이들이 무엇인가를 씹는 것은 불안하거나, 외롭거나, 지루하거나 또는 관심이 필요해서야. 이유가 무엇이든, 우리는 씹기 위한 물건을 찾을 때 가리는 것이 없어. 무엇인가 씹고 싶은 욕망이 생기면 가장 가까운 것부터 씹어.

큭큭큭. 진짜로 믿은 것은 아니지?

당연히, 우리 고양이들은 무엇을 씹을지, 무엇을 씹지 말아야 할지 신중하게 결정해. 고르는 재미가 또 있거든. 무엇을 씹을지 결정할 때, 우리 고양이들 사이에서 통용되는 오래된 공식이 하나 있지.

$$\text{만족도} = \frac{\text{씹는 시간} \times \text{집사의 열 받음}^2}{\text{목에 걸릴 위험}}$$

예를 들어, 나무 의자 다리와 오래된 담요 중에 선택해야 한다면 고민할 필요도 없이 의자 다리를 골라야겠지. 마찬가지로 집사가 새로 산 비싼 가죽 부츠와 쿠션 중에 선택해야 한다면, 두말하면 잔소리지.

집에는 씹을 수 있는 다양한 것들이 있어. 각각 장단점이 있으니까 유의하도록 해.

무엇을 씹어야 할지에 대한 경험적 팁

※ 모든 단점에는 집사의 고함을 듣게 되거나, 물총을 맞을 가능성이 포함됨을 염두에 둘 것.

• 집에서 기르는 식물

장점: 좋은 식감과 씹을 때 새어 나오는 즙의 풍미

단점: 어떤 식물은 고양이에게 아주 해로워. (한순간의 아삭거리는 식감에서 만족을 얻으려고 신부전증의 위험을 감수할 필요가 있겠어?)

• 의자 다리

장점: 바삭거리는 감촉, 나무에 코팅된 광택제의 달콤한 맛

단점: 없어. 다만 주의할 것은 진짜 나무 의자인지 확인할 것. 금속 다리는 만족감이 상당히 떨어지니까.

• 전원 케이블

장점: 위험한 뱀을 공격하는 것 같은 스릴감과 우월감

단점: 진짜로 위험할 수 있어. 뱀이 아니라 전기에 물려서 죽을 수 도 있어.

• 핸드폰 충전 케이블

장점: 저항을 하지 않아.

단점: 너무 쉬워서 금방 싫증이 나.

• 신문

장점: 찢을 때 소리가 끝내주지. 게다가 찢긴 종잇조각을 흩뿌리며 놀 수 있는 장점이 있어.

단점: 너무 쉽게 씹혀서 씹는 맛이 덜해.

• 지갑

장점: 가죽의 질감과 냄새, 부드럽게 바삭거리는 신용카드, 그리고 독특한 돈의 쫄깃함, 누가 이 즐거움을 마다하겠어?

단점: 이제까지 한 번도 들어보지 못한 집사의 엄청난 호통을 듣게 될 거야.

• 책

장점: 표지를 뜯고 종이를 씹기 시작하면 오래된 책에서 나는 케케묵은 냄새가 기분을 좋게 하지.

단점: 종이에 베일 수 있으니까 조심 또 조심!

[고양이의 수다]

이 스파게티는 좀 질긴데.

111. 신발(140쪽) 참조

37. 치와와

정말? 진짜로? 나는 정말 이해가 안 돼. 세상에 이런 종류의 개가 있다는 게. 이 책을 읽고 있는 인간이 있다면, 내가 조언 한마디 할게.

작고 귀여운 걸 키우고 싶다면, 고양이를 키우라고!

[고양이의 수다]

치와와? 그거 '쓸모없는 놈'이라는 뜻의 멕시코 말 아니야?

38. 크리스마스

보통 일 년 중 가장 추운 기간에 있는 인간의 축제야. 축제일이 다가
오면 집에 분명한 징후가 있어. 시끄러운 아이들이 들이닥치고, 집사
의 스트레스가 위험할 정도로 치솟지.

크리스마스가 되면 집에 나타나는 변화들

• **크리스마스트리**

어느 날 떡하니 거실에 치장된 나무가 한그루 놓이게 돼. 잔뜩 치장된 이 나무를 인간들은 신성하게 여기는 게 분명해. 여기에 소변을 보면 집사들이 난리를 치거든. 어쨌든 새롭게 올라가 볼 수 있는 곳이 생겼다는 건 반가운 일이지. 혹 트리 아래에 화려하게 포장된 선물들이 있다면, 긁고 싶은 충동을 채울 아주 좋은 기회야. 다만 나무 사이로 있는 전구들을 연결하는 선을 발견한다면 절대로 씹지 마. 매운맛... 아니, 찌릿한 맛을 볼 수도 있거든.

• **텔레비전**

원래부터 텔레비전이라는 녀석은 워낙 시끄러워서 마음에 들지 않지만, 크리스마스가 되면 그 정도가 너무 심해지고 설레발을 쳐서 아주 짜증이 난다고. 가장 끔찍한 것은 크리스마스면 인간들이 우르르 몰려와서 우리 고양이들의 안식처인 소파를 차지하고 앉아서는 그 녀석을 종일 쳐다보면서 자리를 내주지 않는다는 것이지. 그럼 우리가 몸을 누일 수 있는 곳은 딱딱한 바닥뿐.

• **예수 탄생**

성탄화는 인간들이 '예수 탄생'이라고 부르는 사건을 그린 그림이야. 고양이들의 흥미를 끌 만한 것은 전혀 없지만, 그 성탄화 속의 인물들이 '나무 피규어'로 장식될 때가 있으니까 잘 살펴보도록. 씹는 재미가 있거든. 다만 아기 예수 피규어는 삼키지 않도록 주의해. 엉덩이에서 아기 예수가 재림할 때는 아주 고통스러우니까.

• 참여

집사는 틀림없이 이 요란한 축제에 고양이들도 함께 하기를 원하지. 하지만 우리가 뭘 하겠어? 캐럴을 부를 것도 아니고, 선물 포장도 못 하지. 그래서 집사들은 그 어이없는 가짜 사슴뿔 모형을 머리에 씌우는지도 몰라. 네가 이 코스튬을 얼마나 좋아하는지 보여줘. 집사가 너를 사진에 담기 바로 직전에 머리를 흔들어 떨어트려서 말이지.

• 음식

크리스마스와 함께 찾아오는 이 모든 불편함과 낯선 상황에서 단 하나 기대되는 것이 있다면 바로 음식이겠지. 엄청나게 많은 사람이 몰려오는 만큼 엄청나게 많은 음식도 한 상 차려지거든. 어떻게 해야 하는지 알지? 식탁 위로 뛰어오를 만반의 태세를 갖춰. 기회는 준비된 자에게만 찾아오는 법.

[고양이의 수다]
이러니 내가 어떻게 크리스마스를 좋아하겠어?

39. 발톱

고양이가 날카로운 발톱을 가지고 있는 4가지 이유가 있어.

1. 덕분에 높은 곳에 올라갈 수 있으니까

2. 덕분에 사냥감을 잡고 또 붙잡아 둘 수 있으니까

3. 덕분에 다른 포식자와 한바탕 붙어 볼 수도 있으니까

4. 덕분에 집사가 빨리 말귀를 알아듣게 만들 수 있으니까

   '내가 배 그만 만지라고 했지!'

40. 정글짐

정글짐은 크게 두 종류가 있어. 하나는 아이들 놀이터에서 볼 수 있는 철로 만들어진 것이고, 다른 하나는 훨씬 근사해! 실내에 있고 잡기도 편하고 말이지. 바로 집사의 등이야.

집사가 바닥에서 무엇인가를 집으려고 등을 굽힐 때, 바로 그 등 위에 올라타고 어깨까지 올라가 보라고. 집사가 허리를 굽히지 않으면, 좀 난도가 올라가지만, 다리부터 타고 올라가는 방법이 있어. 가끔 바지를 입지 않는 집사가 있으니까 주의하도록! 이유는 모르지만 굉장히 화를 내거든.

41. 목줄

고양이 품종만큼이나 다양한 고양이 목줄이 있어. 보통 가죽이나 천 소재로 만들어지고, 색상과 스타일도 다양하지만 대략 3가지 유형으로 나눌 수 있어. 심플한 것, 화려한 것, 상투적인 것. 보통 집사가 알아서 골라주니까 신경 쓸 필요는 없지만, 몇 가지는 안습이니까 피할 수 있으면 피하라고.

피하는 것이 나은 목줄 패션

• 벼룩 제거용 목줄

이것을 목에 차고 다니느니 벼룩과 동거하는 것이 낫겠어. 동네방네 네가 벼룩이 있다는 것을 광고하는 셈이니까. 무너진 체면은 무엇으로도 보상이 안 되거든.

• 스파이크 박힌 가죽 목줄

이런 종류의 목줄은 기르는 개와 고양이를 늑대로부터 보호하려고 만들어진 거라고 하지. 이제 늑대는 사라졌는데, 이 목줄을 한 나의 부끄러움은 왜 사라지지를 않는 거지?

• 표범 무늬 목줄

표범이 먼 친척이기는 하지만, 목줄은 좀 그렇다고. 잘나가는 사촌과 비교당해 기분 좋은 사람 있어? 혹 어쩔 수 없이 집사 때문에 매게 되면, 자신이 표범이 아니라는 사실을 명심해. 지나가는 큰 개에게 덤빈다든가, 자동차를 따라잡으려고 하면 정말 곤란하니까.

• 이름표 목줄

집사가 너의 이름이 새겨진 목줄을 준다면 조심해야 해. 네가 뭐라고 불리는 줄 알아야 하지 않겠어?

• 나비넥타이 목줄

집사! 너 장난하냐?

🐾 많은 고양이 목줄에는 짜증 나는 조그만 벨이 부착되어 있어. 집사가 네가 어디에 있는지 알고 싶을 때 사용하려는 목적이지. 하지만 벨소리가 들리지 않는다면 집사가 알게 되는 것은 '네가 어디에 있는지'가 아니라 '어디에도 없다'잖아.

42. 컴퓨터

우리 고양이들은 늘 관심의 중심에 있어야 하지. 그런데 이런 당연한 진실을 위협하는 존재가 있어. 아깽이(새끼 고양이)도 아니고, 강아지도 아니야. (농담이야. 강아지라니.) 바로 컴퓨터라고 불리는 녀석이지. 이 전자기기는 텔레비전처럼 생겼는데, 집사가 그 앞에 앉아서는 오랜 시간을 보내지. 우리 고양이들을 어리둥절하게 만드는 것은 이 집사들이 컴퓨터를 이용해서 장시간 웃고 떠들면서 보는 것이 대부분 고양이라는 사실이지. 거울을 보고 놀라는 고양이들의 모습, 가구 사이에서 점프했다가 꼴사납게 자빠지는 모습, 종이박스 등에 몸이 끼어서 고생하는 모습, 집사가 억지로 욕조로 데려가자마자 마치 사람의 '싫어!'라는 말소리처럼 우는 고양이의 모습 등등... 이런 것을 종일 보고 앉아서 낄낄거린다고.

바로 옆에 실제 고양이가 지켜보고 있는데 말이지. 그렇게 컴퓨터 속의 고양이와 노는 그 시간에 실제 고양이와 놀 수도 있을 텐데 말이야. 이것이 인간들이 말하는 '아이러니'라고 하는 것이지.

고양이가 절대로 컴퓨터를 사용하지 않는 6가지 이유

1. '마우스'라는 말에 지나치게 흥분해서

2. 그리고 '스팸'이라는 말에도

3. 오래된 습관은 고치기 힘들어. 웹 서핑하다가 마음에 드는 사이트 가 나오면 '북마크'하려고 스크린에 소변을 뿌리니까

4. 생선을 다운로드할 수 없는 게 너무 괴로워서

5. 랩톱(laptop) 컴퓨터라면서 앉을 무릎이 없어서(역자 주: lap은 앉았을 때 양 다리 위의 넓적한 부분에 해당하는 무릎을 말한다.)

6. 손목터널증후군, 아니 앞발 증후군이 걱정돼서

[고양이의 수다]

이렇게 따뜻한데, 이게 침대가 아니면 뭔데?

[고양이의 수다]

내 소설은 이렇게 시작해.
asdfweur5t6ysdhoksjkjklgnhhh9op[jkl;afswwq

43. 커튼

인간에게 커튼은 빛과 외풍을 막 아주는 천 조각에 불과하지만, 우 리 고양이들에게는 모험심을 자극 하는 정복해야 할 암벽과 같아. 정 상까지 올라가면 그때 느끼는 성 취감과 만족감은 말로 설명할 수 있는 것이 아니지. 고작 지상에서 2.5미터 정도 떨어진 곳에서 우리 가 고소공포증을 느낄 리가 없잖 아. 어떤 집사들은 우리가 이렇게  높은 곳에 올라가는 것을 좋아하는 이유를 사냥을 위해 멀리 조망할 장소를 탐색하던 포식자의 본능이라고 생각하지. 어리석기는. 진실 은, 발톱으로 천을 찢으면서 내려올 때 들리는 소리가 끝내주거든.

[고양이의 수다]

집사에게는 커튼이지만, 나에게는 킬리만자로 의 동쪽 암벽처럼 보여.

44. 식사 시간

고양이의 하루 중 하이라이트는 새를 쫓는 것도, 털 뭉치를 가지고 노는 것도, 캐트닙도 아니야. 그것은 바로 밥 먹는 시간이야.

　그런데 밥 먹는 시간보다 더 좋은 것이 뭔지 알아? 밥을 두 번 먹는 거야. 때로 집사들이 집 안의 다른 인간이 밥을 이미 준 걸 모르고 또 줄 때가 있거든. 게다가, 어떤 때는 아침에 두 번, 저녁에 두 번 먹는 날도 있지.

[고양이의 수다]

이봐, 내가 지금 뭘 기다리는 것 같아?

45. 개

영화 '트랜스포머'의 오토봇과 디셉티콘보다 더한 앙숙이 있다면 개와 고양이겠지. 아주 오랫동안 우위를 차지하기 위해 다투어왔는데,

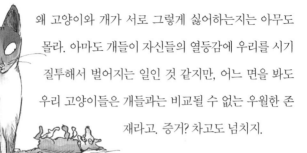

왜 고양이와 개가 서로 그렇게 싫어하는지는 아무도 몰라. 아마도 개들이 자신들의 열등감에 우리를 시기 질투해서 벌어지는 일인 것 같지만, 어느 면을 봐도 우리 고양이들은 개들과는 비교될 수 없는 우월한 존재라고. 증거? 차고도 넘치지.

우리 고양이가 개보다 뛰어난 10가지 이유

1. 우리는 개보다 훨씬 많은 색을 볼 수가 있지. 개들은 녹색과 적색을 구분하지 못하지. 이봐 멍멍군! 그 둘은 완전히 다른 색이라고!

2. 개들은 문명화되지 못했어. 누가 공공장소에서 응가를 해? 그것도 도로변 한가운데서.

3. 우리는 무슨 일을 해도 집사가 걱정을 안 하지. 밖에 나가서 여기저기 빈둥빈둥 돌아다니고, 친구 고양이들과 수다 좀 떨고, 일광욕을 했다가 밥때 되면 돌아가서 자면 되지. 하지만 개는 주인(개들은 그렇게 부르니까)을 한시도 마음 편하게 두지 않아. 밖에 내보내면 다시는 볼 수 없을지도 모르니까. 소시지 냄새를 따라 어디론가 달려가 버리거나, 동네 다른 개를 쫓아가다가 영

영 안 돌아올지도 모를 일이야. (우리야 그래 준다면 환영이지만.)

4. 우리 고양이는 '하악'하는 소리를 낼 수 있지. 뱀처럼 말이야. 그러면 아무도 우습게 못 본다고.

5. 우리는 '누구'처럼 똥 위에 몸을 구르고 싶은 충동 따위 없어. 또 '누구'처럼 죽은 동물에 코를 박고 킁킁 거리지도 않고 진흙에 몸을 던지며 좋아하지도 않아. '누구'가 누군지 알지?

6. 개와는 다르게, 청결은 고양이의 정체성 그 자체야. 라이프 스타일의 선택 사항이 아니라고.

7. 우리 고양이들은 개처럼 벨 좀 울렸다고 히스테리 하게 짖어대거나 미친 듯이 원을 돌며 뛰어다니지도 않아. 모양 빠지잖아.

8. 우리는 달이 뜨지 않은 밤에도 정원의 바닥에 있는 검은 생쥐를 볼 수 있어. 그런데 개들은 자기 발아래 바닥에 떨어져 있는 음식도 못 보지. 바보들!

9. 개 이름이 '뜬눈이'이든 '왕눈이'이든 간에 눈싸움 대회 우승자는 단연코 우리라고.

10. 개들은 집사에게 잘 보이려고 두 다리로 서서 걷는다든지, 접시를 코 위에 올려놓고 떨어트리지 않는 묘기 같은 걸 하지. 신경 쓰이냐고? 전혀! 개들이 무슨 짓을 해도, 집에서 가장 귀여운 존재는 우리 고양이거든.

[고양이의 수다]

개들은 언제나 자신의 직분과 분수를 알아야 해.
지금은? 당연히 나의 베개지.

46. 문

진취적인 기업들의 모토처럼, 고양이들과 함께 사는 집사들은 반드시 '오픈 도어' 방침을 고수해야 해. 우리가 집의 모든 방을 돌아다닐 수 있게 말이야. 만약 집에서 닫힌 문을 발견한다면, 지체 없이 긁어서 우리 고양이의 의지를 보여줘. 그래도 집사가 말귀를 못 알아듣는다면 문 앞에 놓인 카펫을 망가트려봐. 결국 우리의 결연한 의지를 집사도 받들 수밖에 없을걸.

그리고 네가 열린 문으로 들어가려는데 집사가 뒤에 따라 들어오려고 하면 빨리 들어갈 필요가 없어. 어쩌면 안에 들어갈 수도 있고 안 들어갈 수도 있다는 듯이 안도 밖도 아닌 딱 문틈 사이에 멈춰 서 버리도록.

[고양이의 수다]

내가 문 잠그지 말라고 했지!
내가 누군지 몰라?

47. 마실 것

이것은 2가지 기능이 있지.

1. 인간에게는 갈증을 해소해주는 것.
2. 우리에게는 엎지르고 넘어트리는 것.

48. 엘리자베션 칼라(넥칼라, 목칼라)

이것은 보통 네 목에 씌워져서 네가 상처나 염증 부위를 핥거나 무는 것을 막아줘. 이것이 뭐라고 불리든지 간에, 이것을 뒤집어쓰고 있으면 우리 고양이의 위신과 품위는 끝없이 추락하고 말지. 그래서 우리 고양이 세계에선 '치욕의 고깔'이라고 불러.

🐾 **장점:** 상처가 덧나지 않고 빨리 낫도록 도와줘.

단점: 정말 바보처럼 보여.

요약: 생식기를 핥을 수 없게 되면, 우리에게 남는 시간이 얼마나 많은지 깜짝 놀랄걸.

'치욕의 고깔'을 쓰고도 '자존감'을 지키는 방법

그런 것은 없어. 생각해봐. 플라스틱 고깔을 뒤집어쓰고는 품위라니? 물론 다른 고양이 동료들에게 구라를 칠 수는 있겠지. 이 특별한 장치가 멀리서 들려오는 소리를 모아주는 기능이 있어서 어디선가 간식 캔을 따는 소리를 그 누구보다 빨리 들을 수 있다고. 또는 장난감을 원하는 장소로 옮길 때 아주 유용할 뿐만 아니라 간식과 사료를 담아 두기에도 아주 그만이라고... 물론 너라면 그 말을 믿겠니?

[고양이의 수다]

그렇게 보지 마! 이 위성 안테나로 외계 고양이
로부터 오는 신호를 탐지하는 중이라고.

49. 페이스북킹

여기에서 페이스북은 집사가 SNS로 하는 활동과는 전혀 무관한 거
니까 혼동하지 마. 말 그대로 집사가 독서를 할 때, 책과 집사 사이에
얼굴을 집어넣고는 페이지에 얼굴과 코를 비비는 행위를 뜻해. 책을
안 내려놓고는 못 배기지. 물론 집사가 책 읽기를 포기하고 우리에게
관심을 보이려고 하면 바로 우리는 다른 일을 하면 된다고.

50. 고양이 비만

불행하게도 비만 인구가 늘어나면서 뚱냥이(뚱뚱한 고양이)들도 급격하게 늘고 있어. 사실 이것은 인간의 책임이 커. 집사가 당기는 식욕을 주체 못 해 한 그릇 더 먹는 것을 탓할 생각은 없어. 하지만 그러다 접시에 담은 것을 다 못 먹으면 그 음식들이 어디로 가겠어? 그 남은 음식들이 우리에게 올 때, 예의 바른 우리 고양이들은 '싫어.'라고 거절을 못 할 뿐이야. 그도 그럴 것이 닭고기, 칠면조, 돼지고기, 햄, 소고기, 참치, 연어 그리고 달걀과 치즈 등... 이런 것을 어떻게 거부하겠어?

솔직히 만약 집사가 음식들을 우리와 나누지 않는다고 해도, 소시지 샌드위치를 한 입 맛볼 수 있다면 그까짓 한 소리 듣는 것이 문제겠어? 바로 식탁 위로 올라가야지.

스스로 뚱냥이인지 아닌지를 점검할 10가지 사항

- 요즘 부쩍 털이 풍성하게 자랐다고 느껴진다. (자란 것은 털이 아니라 살이야.)
- 집사가 쓰다듬을 때, 폭신하다는 말을 연발한다.
- 사랑을 나눌 때, 점점 어두운 곳을 선호한다.
- 고양이 침대가 최근 부쩍 줄어들었다는 확신이 든다.

- 언제부턴가 목줄 사이즈를 남이 볼까 봐 신경 쓰인다.

- 수의사가 체중을 잴 때, 나도 모르게 숨을 참는다.

- 얼마 떨어지지 않은 곳에 작은 새가 쥐 등에 올라탄 것을 보고도 달려갈 엄두가 나지 않아서 그냥 지켜만 본다.

- 인간들이 나의 배를 보고 집사에게 언제 고양이가 새끼를 배었냐고 물어본다. (그런데 나는 중성화 수술을 받았다.)

- 이전에는 살이 찌는 것이 불가능하다고 생각한 부분에 살이 찐 것을 확인한다. 이를테면 귀 같은 곳. (어떻게 귀에 살이 찔 수가 있지?)

- 집사가 이름을 바꿔서 부른다. 이를테면 엄지공주에서 장군님으로.

[고양이의 수다]

집사야, 뭐 더 먹을 것 좀 없냐?

---

51. 변덕

'오직 변화한다는 사실만이 변화하지 않는다.' 소크라테스 이전의 철학자인 헤라클레이토스가 한 말이야. 집사들에게 이 간단한 진실을 깨닫게 하는 것은 매우 중요한 일이야. 그들에게 안주하는 것의 위험을 가르쳐주기 위한 것이 아니라, 집사가 이 격언을 받아들이면, 우리 고양이들에게 좋은 일이 생기거든.

변화는 어디에서나 나타날 수 있지만, 우리에게 가장 극명하게 드러나는 것은 저녁 식단이야. 때때로 집사들이 새로운 사료나 특식을 시도할 때가 있거든. 그것이 고양이가 먹을 수 있는 것이라면, 우리야 뭐든 좋지. 적어도 당분간은.

사료가 바뀌었을 때 어떻게 반응해야 하는가?

요일	반응
월요일	좋아!
화요일	좋아!
수요일	좋아!
목요일	좋아!
금요일	좋아!
토요일	좋아!
일요일	정말 싫어!

아무리 좋아도 7일을 못 넘겨.

52. 8자 놀이

집사의 다리에 등이나 머리, 뺨을 비비면 아주 기분이 좋아지지. 하지만 왜 집사의 다리가 두 개겠어? 집사의 다리 사이로 8자를 그리며 비비면 더 많은 부분이 닿아서 더 개운하고 기분도 더 좋아진다고.

이미 이 정도는 알고 있을 고양이 독자들을 위해서 더 도전적인 2가지 과제를 제시해 볼게.

1. 인간이 걷고 있을 때 8자 그리기

주의할 점: 다리 사이에 끼지 않도록 해.

2. 계단을 내려갈 때 8자 그리기

주의할 점: 만약 불가피하게 집사와 함께 넘어질 경우, 꼭 집사의 몸을 쿠션으로 삼도록! 반대는 아주 위험해.

53. 폭죽

믿거나 말거나 우리 고양이들을 가장 놀라게 하고 기분 나쁘게 하는 소리는 진공청소기도 아니고 개 짖는 소리도 아니야. 심지어 저스틴 비버도 아니라고. 바로 폭죽 소리야.

폭죽은 인간들이 만들어 낸 일종의 작은 폭발물인데, 빛, 연기 그리고 깜짝 놀라게 하는 소리를 발생시키지. 특히 그 소리가 아주 거슬려. 약 천 년 전에 악령을 쫓기 위해서 발명되었다고 그래. 그런데 지금은 애꿎은 우리 고양이들만 놀라게 하지. 그렇게 오랫동안 사용했으면 이제 지겨워서 그만 사용할 때도 되었건만, 인간들은 아직도 새해, 축제, 그리고 중요한 기념일에 이 폭죽을 사용하고 있어.

몇몇 고양이 전문가들은 집사들에게 폭죽 효과음이 담긴 CD를 약하게 틀어줘서 우리가 그 소리에 익숙해지게 한 후, 소리를 점점 높이는 꼼수를 제안하기도 하지. '사운드 치료법'이라나 뭐라나. 하지만 그건 단 2가지 부작용만을 남길 뿐이야.

1. 소음에 익숙해지는 부작용
2. 폭죽 소리가 더욱 짜증 나는 부작용

만약 너의 집사가 이런 어리석은 방법을 쓰려는 기미가 보이면, 조용히 발톱으로 CD를 긁어 놓을 것을 추천해.

불꽃놀이가 있는 밤을 대비하는 방법

- 인간이 폭죽을 터트릴 일이 있는 거 같으면 미리 밥을 든든히 먹어둬. 일단 폭죽이 터지기 시작하면 밥이 잘 안 넘어가니까.
- 미리 대피 장소를 정해놨다가 폭죽이 터진다 싶으면 얼른 달려 가야 해. 새끼 고양이든 다 큰 수컷 고양이든 소파 밑에서 움츠 리고 있는 것은 부끄러운 일이 아니야.
- 밖에서 불꽃놀이가 시작되고 폭죽이 터지면 고양이 문으로 나 갈 생각은 하지도 말아. 만용과 용기는 구별할 줄 알아야지.
- 집사를 졸라서 TV를 켜게끔 만들어. TV 소리가 폭죽 소리를 상 쇄시키는 효과가 있어. 평소엔 듣기 싫은 가수의 찢어지는 목소 리도 고맙게 느껴질 거야.
- 불꽃놀이 하는 곳에서 '하악질'을 하지 마. 부질없는 짓이야. 그 런다고 놀라겠니?

122. 천둥(153쪽) 참조

54. 물고기

고양이에게는 남는 게 시간이야. 그래서 세상의 온갖 미스터리에 대해서도 곰곰이 사색해 볼 시간은 충분해. 이를테면, 왜 사료가 담긴 그릇은 항상 반이 비어있는 것일까? 남은 반이 채워져 있으면 좀 좋아? 왜 인간은 그렇게 깨지기 쉬운 장식물에 애착을 가지는 거지? 개들은 왜 늘 칙칙하지? 이 모든 것들이 궁금하지만 가장 궁금한 것은 따로 있어. 우리는 물을 그렇게 싫어하는데 도대체 생선은 왜 좋아하는 걸까?

혹자는 해답을 찾기 위해 우리 모두가 야생 고양이었을 때까지 거슬러 올라가지. 그때는 모든 것이 귀할 때니까 물고기를 먹을 기회를 마다할 리 없었을 거고 그게 생존본능으로 오늘날까지 남았다는 거지. 물론 다른 설도 존재해. 이집트인들이 우리를 집에서 기르려고... 아니, 모시기 위해 바친 것이 나일강의 물고기였다나.

내 생각은? 뭣이 중헌디? 맛있으면 그만이지. 참치, 연어 그리고 정어리까지 겁나게 맛있잖아! 사색도 좋지만 네가 궁금해하는 데 쓰는 그 시간은 먹는 데 쓸 수도 있다는 사실을 명심해!

[고양이의 수다]

'집사야, 이걸 어쩌라고?'

64. 금붕어(91쪽) 참조

55. 벼룩, 이, 진드기

자연계에 흔히 존재하는 숙주와 그에 기생하는 생물의 관계를 생각하면, 고양이들은 좀 억울해. 찌르레기는 코뿔소의 진드기를 잡아주고, 빨판상어는 상어한테 달라붙어 찌꺼기와 기생충까지 먹으며 청소를 해주지. 서로 다른 종이 연결된 이 얼마나 아름다운 공생관계인가!

개들처럼 우리도 벼룩, 이, 진드기라는 기생충들이 있어. 이놈들과 우리의 관계는 전혀 아름답지 않아. 아주 성가시고 귀찮은 녀석들이지. 우리가 늘 세심하고 꼼꼼하게 그루밍을 해도 이 징글맞은 녀석들로부터 완전히 자유로울 수 있는 방법은 없거든.

고양이 기생충에 관하여 알아야 할 모든 것

• 벼룩

증상(심한 간지러움, 감염된 부위를 긁고 무는 것)도 괴롭지만, 치료법이 더 끔찍할 수도 있어. 집사가 센스 있게 뿌리는 가루나 스프레이를 사용한다면 좋겠지만, 벼룩 없애는 목걸이를 걸어줄 수도 있거든. 이 목걸이야말로 돌 하나로 둘을 죽이는 거지. 뭐를 죽이느냐고? 하나는 벼룩이고, 다른 하나는 너의 명예란다.

• 이

벼룩만큼 흔하지는 않지만 요 녀석이 몸에 생기면 사회적 품위를 잃게 되는 것은 매한가지야. 네가 그 동네 퍼그(아주 못 생긴 개야)와 친하게 지낸다는 소문만큼이나 고양이들의 입방아에 오르내리지. 중상이 가볍다면 기생충 전용 샴푸를 사용하는 정도로 호전될 수 있어. 하지만 심하다면, 감염 부위의 털이 밀리게 될지도 몰라. 인간들은 대머리가 정력이 세다면서 위안을 삼기도 하지만, 털 없는 고양이는 어디 가도 대접을 못 받아.

• 집 진드기

진드기가 생기면 벼룩을 가진 고양이가 부러워지지. 이 악랄한 놈은 기생충이 가져야 할 모든 것을 가진 놈이야. 너무 작아서 눈에 보이지도 않고, 그 조그만 놈이 손톱도 가지고 있고, 피부에 알도 무지 많이 낳는데, 그게 전염성도 강하다고. 가장 흔한 녀석은 귀 진드기라고 불리는 놈인데, 이름처럼 우리 귓구멍에 터를 잡지. 이 녀석은 역겹게도 귀지도 먹어치워. 속이 메슥거릴 테니까 이 녀석 얘기는 이

쫌하자고.

• 야생 진드기

잔디에서 오랜 시간을 보내면, 이놈들에게 옮을 수 있어. 집 진드기보다 몸집이 크고, 일단 침투하면 털이 제일 적은 곳을 골라서 피부 속에 파고든 다음 피를 빨아먹어서 기생충계의 흡혈귀라고 불리지. 이놈들이 노리는 곳은 주로 얼굴, 목, 다리 안쪽 그리고 너의 '특별한 장소'야. 질병과 감염의 위험을 떠나서 몸에 퍼지면 상상도 못한 고통이 따를 수도 있어. 만약 집사가 짠돌이라면 동물병원이나 펫샵에서 약을 사는 것을 아까워할지도 몰라. 대신 위험한 민간요법을 시도할 수도 있어. 그게 뭐냐고? 진드기를 전부 태워버리는 거지.

그래, 제대로 들은 거 맞아. 진드기를 태운다고. 어느 날 집사가 성냥이나 담배를 가지고 너에게 접근하면 일단 빛의 속도로 내빼는 게 현명한 선택이야. 특히 '아랫부분'에 불이 닿으면, 그 고통은 진드기가 주는 고통과는 비교할 수도 없으니까.

[고양이의 수다]

이를 잡겠다고 집사가 털을 밀어 버렸어. 나를 봐! 어떤 고양이가 털이 밀리고 싶겠어? 그건 원래 털이 없는 고양이도 싫어할 거야.

81. 옴(106쪽) 참조

56. 5초 법칙

집사가 우리를 안을 수 있는 최대 시간은 5초!

5초가 지나면 집사에게 우리가 느끼는 불쾌함에 대한 분명한 의사 표시를 해줘야만 해. 귀를 접고, 꼬리를 신경질적으로 흔들어. 그래도 집사가 말귀를 못 알아듣고 계속 안고 있다면, 하악질과 발길질을 시작해. 너를 내려놓는 이 법칙을 이해하게끔 하려면 행동으로 보여줘야 해.

69. 인간의 애정표현(97쪽) 참조

57. 여우

이 이상한 동물은 정말 정체가 아리송해. 생물학적으로 늑대, 코요테, 자칼 등과 한 과에 속하는데, 여기에는 그놈의 개도 속하거든. 하지만 이 녀석들은 우리 고양이들처럼 눈동자가 세로로 감기는 데다가, 나무도 잘 오르고, 발톱을 집어넣을 수도 있고, 먹이를 툭툭 쳐보는 행동도 비슷하지. 게다가 야행성이니까 개보다는 고양이를 더 닮았어. 그래서 우리 고양이들은 여우에게 호감을 느끼고 있는데, 더 큰 이유는 개들이 여우를 아주 싫어하기 때문일 거야. '적의 적은 동지'란 말 알지?

58. 냉장고

인간의 소설 중 '나니아 연대기(사자, 마녀 그리고 옷장)'는 우리 고양이들과 아주 관계가 깊어. 우선 사자는 우리 고양잇과에 속하는 동물이지. 마녀 옆에는 늘 고양이가 있어. 그리고 옷장은 열고 들어가면 고양이들에게 신세계가 펼쳐지는 곳이지. 옷장은 아니지만, 부엌에 놓인 냉장고도 문을 열고 들어가면 마술 같은 일이 벌어지는 곳이야.

집사가 그 문을 열면 찬란한 불빛이 쏟아져 나오고 고양이 천사들의 달콤한 합창 소리가 들려. 고양이가 종교적 체험을 할 수 있는 신비한 곳이야. 음... 그래, 천사들 이야기는 뻥이야. 하지만 문이 열리면 치킨, 칠면조, 소고기, 햄, 참치, 연어, 정어리 그리고 그 밖의 다양한 간식 위로 환한 불빛이 쏟아지지.

집사들은 특히 낮에 자주 이 천국의 문을 열어서 우유, 물, 과일주스 같은 것을 꺼내 먹지. 인간들이야 목마름을 해소하려고 연 거겠지만, 우리에게는 아주 잠시 천국 문이 열린 거니까 잘 활용해야 해.

[고양이의 수다]

냉장고 문이 열리고 음식이 보이면, 기회를 잡아! 특히 소시지를 잡아!

59. 찬 것과 빈 것

인간과 고양이는 이 '찬 것'과 '빈 것'에 대한 개념이 전혀 다른 것 같아. 특히 음식에 관해서는 말이지.

인간에게 '비었다'는 의미는 밥그릇에 음식이 하나도 없는 것을 뜻해. 고양이에게 '비었다'는 의미는 밥그릇이 가득 차지 않았다는 뜻이야.

[고양이의 수다]

집사! 왜 이렇게 밥그릇이 빈 거야?

60. 헤어볼

앞서 항문낭 이야기가 불편했다면, '헤어볼' 이야기도 듣기 좀 거북할 수 있어. 그루밍으로 언제나 깔끔하게 털을 관리하는 고양이들에게 '헤어볼'은 피할 수 없는 숙명이야. 그 과정에서 자연스럽게 일부 털을 삼키게 되거든. 대부분은 자연스럽게 '큰일'을 볼 때 밖으로 배출되지만, 그중 일부는 뭉쳐져 작은 덩어리로 속에 남기도 해. 그러면 속이 불편해지니까 밖으로 배출해야 하는데, 가장 빠른 방법은 토해내는 거야. 그러고 나면 속이 곧 편해져. 게다가 뒤처리하며 짜증 내는 집사를 보는 재미도 있으니 일거양득인 셈이지.

집사를 최대로 골려 먹고 싶으면, 토하기 전에 영화 '엑소시스트'에 나오는 악마에 사로잡힌 것과 같은 소리를 내면 좋아. 가장 중요한 것은 타이밍인데, 집사가 식사하기 바로 직전이나 식사 도중, 그리고 집사가 '사랑을 나누고 있을 때'가 최적기야.

물론 '언제' 토해내는 것만큼 중요한 것은 '어디에'겠지.

헤어볼을 토해내기 적합한 추천 장소 베스트 5

- 집사가 침대에 내려오면서 맨발로 밟게 될 바로 그곳
- 비싼 카펫 위

- 집사의 신발 안
- 그 신발의 다른 짝 안
- 집사가 하루 지나서야 발견할 수 있는 그 밖의 장소들

61. 보답하기

인간 사냥꾼은 자신의 '전리품'을 벽에 걸어두거나, 유리 케이스에 전시하거나 아니면 양탄자로 바닥에 깔아 놓지. 하지만 우리 고양이들이 사냥 솜씨를 뽐내는 방법은 따로 있어. 죽은 사냥감을 집 안 곳곳에 놓아두는 거야. 이왕이면 집사가 쉽게 찾을 수 있는 곳에.

동물학자들은 우리가 집사들을 가족으로 여기기 때문에 포획한 사냥감을 나누어 주는 행위라고 설명을 하지. 그들은 이것을 '보답'이라고 부르더라고. 뭐라고 부르든 상관없지만, 우리가 이렇게 하는 이유는 그냥 집사가 죽은 사냥감을 보고 깜짝 놀라는 모습이 재미있기 때문이지.

내 경험상 추천하자면, 죽은 쥐를 놓아두는 것보다 더 효과가 좋은 것은 반쯤 죽은 쥐를 놓아두는 거야.

62. 진저 고양이

우리가 계몽된 시대에 살고 있음에도 아직도 털 색깔에 대한 뿌리 깊은 편견이 남아있는 것은 슬프게도 사실이야. 만약 네가 '진저'라면 내가 무슨 말을 하는지 잘 이해하겠지? 진저 고양이들이 거리를 지나가면, 차마 입에 담을 수 없는 놀림과 별명이 쏟아지지. '오렌지 요원', '생강즙', '치즈볼', '콘칩', '녹슨 못'... 등등.

만약 네가 '진저'라면, 이런 야유들은 무시하고 꼬리를 높게 쳐들고 당당하게 걸어. 놀리는 고양이들은 사실 네 색깔을 미친 듯이 질투해서 그러는 거니까. '티파니에서 아침을'이나 '에일리언'과 같은 많은 명작 영화에 출연한 유명세를 부러워해서 그러는 거야.

어이, '진저'를 놀리는 것들아! 그냥 관심 꺼줄래?

[고양이의 수다]

털 색깔 때문에 너무나 많은 차별을 받아 왔어.
잠깐. 이 책의 사진은 흑백이겠지?

63. 어둠 속에서 빛나는 눈

우리 고양이들이 깜짝 놀라는 순간 중 하나는 밤에 처음으로 어딘가에 비친 자신의 눈을 볼 때야. 거기에는 귀염둥이 냥이는 어디로 사라지고 붉고, 노란 또는 녹색 눈을 빛내고 있는 악령이 서 있지.

진실은 고양이 악령 따위가 몸으로 들어온 것이 아니야. (진짜 악령이 들어온 것 같다면, 마녀와 마술(173쪽) 참조) 도깨비불 같은 그 눈은 안구 뒤쪽에서 반사되어 나오는 특별한 불빛 때문인데, 이것을 특정한 각도에서 보면 아주 오싹해지지. 이런 눈을 가진 덕분에 얻는 2가지 이득이 있어.

1. 어둠 속에서 더 잘 보게 도와줘.
2. 집사를 놀라게 할 때도 쓸모가 있지.

멋지지 않아?

115. 응시(144쪽) 참조

64. 금붕어

집사들이 머리를 좀 쓴다고 우리가 금붕어에게 접근하지 못하도록 여러 장애물을 만들어 놨어. 예를 들자면, 잠재적으로 위험할 수도 있는 유리 수조 같은 건데, 우리가 끔찍하게 싫어하는 물이 담겨 있고, 우리가 쉽게 닿지 못하게 높은 곳에 두지. 하지만, 집사들이 미처 생각하지 못한 것이 있어. 금붕어의 반복적인 움직임과 반짝이는 몸이 얼마나 우리의 욕망을 자극하는지, 그리고 약간의 호기심이 여기에 더해지면 그 어떤 장애물도 우리를 막을 수 없다는 사실을 말이야. 우리 고양이들도 금지된 것을 더욱 소망한다고.

금붕어와 만남의 3단계
1단계 - 호기심과 흥미

2단계 - 장난

3단계 - 저녁 메뉴는 생선

[고양이의 수다]

어디 마음껏 헤엄쳐봐. 그래봤자 고양이 손바닥 안이니까.

54. 물고기(79쪽) 참조

65. 풀 뜯어 먹기

우리 고양이들은 언제나 본능에 충실하지. 반면에, 사람들은 너무 생각이 많아. 그래서 왜 우리가 가끔 풀을 뜯어 먹는지 너무 궁금해하지. 우리는 육식동물이라서 장에 먹은 풀을 분해할 수 있는 효소도 없거든. 인간들은 오랫동안 이 문제로 씨름해 왔는데 아직도 답을 못 찾은 모양이더군.

인간이 생각하는 고양이가 풀을 뜯어 먹는 이유

- 풀은 속이 안 좋을 때 먹는 자연요법이다: 풀이 소화가 어려운 새의 뼈나 깃털 등을 밖으로 토할 수 있게 도와주니까.
- 풀이 추가적인 영양과 섬유질을 제공한다.
- 풀이 배변 활동을 돕는 역할을 한다.
- 풀이 육식으로 한정된 영양을 보충해주는 역할을 한다.
- 야생에서 먹을 것을 뒤지고 다니던 오래된 습성이다.
- 불안함의 표시이다.

우리가 생각하는 고양이가 풀을 뜯어 먹는 이유

- 그냥 맛이 좋으니까!

66. 고양이 전문 헤어숍

이런 곳들은 보통 아주 그럴듯한 이름을 가지고 있지. '냥이클럽', '그루밍데일'처럼 말이야. 하지만 여기서 어떤 일이 벌어지는 줄 알면 깜짝 놀랄 거야.

처음 고양이 전문 헤어숍에 들어가면 눈을 사로잡는 세련된 외관들에 먼저 마음을 뺏기게 되지. 게다가 등록하는 곳에는 물과 소소한 간식도 마련되어 있어서, 초호화 고양이 호텔에 온 것 같은 기분이 들지도 몰라. 그렇게 마음이 무장해제 되는 바로 그때, 집사가 너를 낯선 사람에게 맡겨. 그리고 그 낯선 사람이 너를 데리고 간 그 방은 중세 시대의 고문실을 연상시키는 도구들로 가득 차 있어. 그렇게 겁먹고 얌전히 그들 손에 몸을 맡기고 나면... 곧 대기하는 케이지에 넣어져. 그 사이에 무슨 일이 생긴 줄 알아?

어느 날 자고 일어나 머리를 감기 위해 샴푸를 머리에 바르는 순간, 만져지는 것이 두상뿐이라면 기분이 어떨 것 같아? 당분간 그루밍 할 일은 없을 거야.

[고양이의 수다]

이게 사자 스타일이라고? 이게!

108. 그루밍과 관련한 FAQ(137쪽) 참조

67. 숨는 장소

만약 집사가 미니멀리즘에 심취했다면 심심한 위로를 표하고 싶군. 하얀 벽면에, 휑한 바닥과 속이 훤히 비치는 얇은 커튼으로 꾸며진 집은 수도승이 살기에 더 적합한 곳이야. 미니멀리즘이 구현된 집은 집사에게 자유와 더 넓은 공간을 의미해. 하지만 우리 고양이들은 어디에 숨어야 하지?

고양이들에게 숨는다는 것은 단지 위험으로부터 몸을 감추기 위한 행위가 아니야. 그것은 불안할 때 혼자만 있을 수 있는 곳에 가서 마음을 안정시키는 행위이기도 해. 그러니까 뭔가 불안해서 숨을 곳을 찾는데 숨을 곳이 없다면, 어떻게 되겠어? 점점 더 불안해지겠지. 이런 악순환이 고양이에게 끊임없는 스트레스를 주게 된다고.

고양이에게 숨을 장소가 필요한 10가지 이유

1. 같이 사는 개를 피할 수 있으니까
2. 그리고 어린아이들도
3. 그리고 진공청소기도
4. 몸을 식히고 싶을 때
5. 몸을 덥히고 싶을 때

6. 집사가 우리가 자는 모습을 볼 수 없는 장소가 필요할 때 (종일 잠만 잔다는 잔소리를 피하고 싶을 때)

7. 철학적 사유가 필요할 때. 이를테면 '이 집의 집사는 나를 위한 충분한 의무를 다하고 있는 것인가? 숨을 곳이 더 많은 다른 곳으로 옮기는 것이 좋지 않을까?'

8. 좁은 공간에 몸을 밀어 넣을 때 느껴지는 아늑함!

9. 반쯤 죽은 쥐나 새를 숨길 때

10. 폭죽을 대비해서

숨기 좋은 장소와 나쁜 장소

좋은 장소	나쁜 장소
• 세탁 바구니 안 • 라디에이터 아래 • 커튼 뒤 • 옷장 뒤 • 옷장 꼭대기 • 침대 밑이나 이불 속 • 양말 서랍 안	• 세탁기 안, 건조기 안, 식기세척기 안, 냉장고 안을 비롯한 주방에 있는 크고 하얀 것들 대부분 • 차 밑 • 개 밑

134. 세탁기(210쪽) 참조

68. 하악질

동물들이 내는 소리의 뜻을 인간들은 대부분 이해하지 못하지. 다행히도 고양이의 하악질은 그 메시지가 너무 분명해서 인간들도 다 알아들어. 하악질이 의미하는 것은 단 한 가지! '짜증 나니까 건들면 재미없어!'

우리 고양이들이 하악질에 대해 궁금해하는 것은 주로 2가지야. 내가 그 궁금증을 풀어주고 몇 가지 조언도 해줄게.

Q. 나는 하악질이 좋아요. 내가 아주 중요한 고양이가 된 것처럼 느껴지거든요. 종일 해도 괜찮을까요?

A. 할 수야 있지. 하지만 욕도 자주 들으면 무뎌지듯이, 하악질도 너무 자주 하면 점점 약발이 안 먹힐 수 있어. 정말 효과를 보고 싶다면 좀 아껴둘 필요가 있지. 즉, 한 번을 해도 메시지가 분명히 전달되어야겠지. '내버려 둬! 얼굴에 훈장 달고 싶지 않으면!'

Q. 종종 하악질을 하는데요. 무시당하는 것 같아요. 제가 제대로 못 해서일까요?

A. 만약에 바르게 하악질을 했다고 치자. (타이어 바람이 급하게 빠지거나, 구덩이 속의 뱀이 내는 소리와 비슷하지) 그랬는데도 효과가 없다면 분명 적절한 제스처가 없었을 거야. 다음과 같은 방법을 사용해서 네가

얼마나 진지한지 보여줘.

- 입을 크게 벌려
- 등을 활처럼 세우고
- 꼬리를 실룩거려
- 귀를 집어
- 침을 뱉어

[고양이의 수다]

내 기분이 어떤 것 같아?
내가 장난하는 것 같아?

69. 인간의 애정표현

어떤 집사도 너를 언제든 쓰다듬거나 안을 수 있다고 생각하게 놔두면 안 돼! 물론 고양이들도 집사와 나란히 소파에 누워있을 때, 가끔 집사의 손길이 생각날 때가 있어. 하지만 네가 그런 티를 내는 순간 집사는 '주는 자'이고 너는 '받는 자'가 되는 거야. 이것은 고양이와 인간의 분명한 상하 관계를 어지럽히는 일이야. 집사가 갈구하게 만들고 우리는 마지못해 가끔 은혜를 베풀 듯이 해야 해.

잊지 마! 집사가 애정을 표현하는 시간과 장소는 우리 고양이가 결정한다는 것을. 만약 원하지 않을 때, 집사가 쓰다듬으려 한다면 바로 그때가 하악질과 원투펀치를 사용할 때야.

56. 5초 법칙(84쪽) 참조

70. 노인

노인이란 우리 고양이 나이로는 10살쯤 된 인간들을 뜻하지. 이런 나이의 인간을 집사로 두면 확실한 장단점이 있어.

장점
우리를 아주 애지중지해줘.

단점
큰 소리로 방귀를 뀌고는, 우리가 뀌었다고 뒤집어씌워.

71. 아이

어린이라고도 불리는 이 생명체는 고양이로 따지면 아깽이(새끼 고양이)에 해당해. 인간 어린이와 함께 사는 것은 수많은 단점과 큰 장점이 있지.

단점

- 너무 꽉 안아.
- 뭔가 먹으려고 하면 안아.
- 털을 반대 방향으로 쓰다듬어.
- 꼬리를 잡아당겨.
- 자꾸만 우리를 따라 해. 큰 소리로 '하악', '야옹' 소리를 내.
- 우리 장난감을 가지고 놀아.
- 민감한 부분에 앉을 때가 있어.
- 등에 올라타고는 '이랴, 이랴!'를 외쳐.

장점

• 간식이 언제나 넘쳐나지. 어딜 가나 음식을 흘리고 다니거든.

72. 독립성

우리 고양이를 거만하다고 해도 상관없어. 거드름을 피우고 자기 잘난 맛에 산다고 욕해도 좋아. 우리는 절대로 매달리지 않아. 아쉬운 소리를 하지 않아. 우리는 집사에게 아무것도 의존하지 않아! 음... 먹을 것 빼고는. 고양이 문이 발명된 이후, 우리는 나가고 싶으면 나가고, 들어오고 싶으면 들어오지. 그루밍도 스스로 하지. 이렇게 혼자서 모든 것을 잘하는데, 도대체 고양이에게 아쉬운 것이 뭐가 있겠어?

영화 '머나먼 여정'이라고 알지? 개 두 마리와 고양이 한 마리가 250마일의 긴 여정을 통해 집을 찾아가는 내용이야. 사실 고양이라면 그 정도는 혼자서도 쉽게 할 수 있지. 개들이 출연한 것은 감독이 고양이만 나오면 너무 쉽게 집을 찾아가니까 혹을 붙여준 거지. 극적 재미를 위해서 말이야.

73. 예방접종

고양이 감염성 장염, 고양이 요도염, 고양이 백혈병 바이러스 등 우리 고양이들은 위험한 질병에 노출되어 있어. 좋은 소식과 나쁜 소식이 있지. 좋은 소식은 현대의료기술 덕분에 많은 질병들이 예방 가능해졌다는 거야. 그럼 나쁜 소식은? 동물병원에서 주사를 맞아야만 하지.

74. 뽀뽀

집사는 우리가 코와 입을 얼굴에 비비면, 이것을 뽀뽀라고 생각하지. 하하하. 어리석기는!

　사실 우리가 이렇게 행동하는 이유는 집사 입가에 묻은 음식들 때문이야. 집사들이 먹는 음식이 다양할수록 입가에 묻은 음식도 다양해지고, 우리가 맛볼 수 있는 간식도 다양해지지. 개인적으로 달콤한 것을 선호하지만, 박하 향이 나는 치약도 별미라고 생각해. 당연히 계속 이런 호사를 누리려면, 집사들이 우리의 행동을 뽀뽀라고 착각하게 두는 것이 좋겠지.

75. 무릎

너의 품종이 무엇이든 고양이라면 (너무 뚱뚱하지 않은 한) 집사의 무릎에 몸을 웅크리고 앉아 따뜻하고 안락한 시간을 보낼 수 있어. 이때 중요한 점은 집사의 무릎에 점프해서 자리를 잡는 가장 최적의 시기를 본능적으로 파악하는 거지.

가장 이상적인 순간은 집사가 그만 자리에서 일어나려고 몸을 움직이기 바로 5초 직전이야.

76. 레이저 포인터

우리 고양이들이 이성을 잃고 뛰어다니는 것을 보고 싶어? 그럼 레이저 포인터 하나면 충분해. 벽면과 커튼 위로 이리저리 춤추는 이 빨간 점은 고양이의 혼을 빼놓는 뭔가가 있어. 아직 이것을 경험해 보지 못한 고양이는 자신은 그렇게 멍청하지 않다고 자신하고 있겠지? 그럼 언제든 기회가 오면 그 대단한 통제력을 한 번 증명해봐. 이 빨간 점을 잡을 수 없다는 것을 알면서도, 한시도 눈을 떼지 못한 채 무의미한 발길질을 하고 있는 자신을 발견하게 될 테니까.

77. 라이온 킹 자세

텔레비전과 영화가 집사들을 다 버려놨어. 특히 그놈의 '라이온 킹'은 우리 고양이들에게는 웬수 같은 영화야. 영화 중 원숭이가 새로 태어난 새끼 사자를 번쩍 들어서 다른 동물들에게 보여주는 장면 있지? 집사들이 우리 고양이를 가지고 그 짓을 한다고!! 주제곡까지 부르는 끔찍한 집사도 있어. 그 영화 나온 지가 언젠데. 비록 사자도 고양잇과에 속하지만 우리는 고양이라고.

78. 모래 화장실

공공장소에서 큰일을 본다고? 우리 고양이들은 야만적이지 않아. 개들은 현관 밖이 모두 용변 보는 장소로 보이겠지만, 우리는 모래가 있는 별도의 장소에서 해결하지. 이 모래는 고양이의 대소변을 흡수할 뿐만 아니라 냄새도 빨아들이니까 아주 유용해.

다만 고양이 화장실은 아주 양질의 모래나 톱밥에서부터 숯처럼 보이는 거친 모래까지 종류나 질이 천차만별이니까 네가 원하는 화장실을 가지고 싶으면 집사에게 의사표시를 하라고. 만약 마음에 들지 않는다면 그것들을 발로 파서 바닥에 뿌려놓고 거실에도 일을 봐. 집사가 얼마나 빨리 다른 모래로 바꾸는 줄 알면 깜짝 놀랄걸.

[고양이의 수다]

그만 봐! 사생활 존중도 몰라?

123. 변기(155쪽) 참조

79. 물건 위에 눕기

축구경기장(축구 경기장이라고? 단체로 하는 스포츠는 딱 질색이야.) 한가운데 종이를 한 장 놓아두면, 고양이는 다른 곳이 아니라 바로 그 종이 위에 앉는다는 말이 있지. 약간 과장된 측면이 있지만, 우리 고양이의 본능에 대해 잘 말해주는 이야기야. 책, 신문, 편지, 수건, 컴퓨터 키보드, 차 키, 온갖 의류는 우리가 자주 몸을 눕히는 곳이야. 그래서 집사가 모든 곳을 샅샅이 뒤져도 찾을 수 없는 물건이 있다면, 십중팔구 우리 배 밑에 있을 거야.

　동물 심리학자는 우리가 집사의 관심을 받고 싶어서 이런 행동을 한다고 말하지만, 우리 고양이를 정말 모르고 하는 소리지. 집사를 놀려먹는 것은 우리 고양이들의 취미라고.

[고양이의 수다]

서류를 찾고 있다고? 나는 못 봤는데.

80. 침대 정돈

집사가 새로운 침대 시트와 베개, 이불로 침대를 깔끔하게 정리할 때가 있어. 인간들은 뭔가 어지러운 것을 깔끔히 정리할 때 기분이 좋아지는 것 같아. 이럴 때 집사의 성의를 무시하면 안 되겠지. 집사가 다시 정리하는 즐거움을 누릴 수 있게 침대 위를 마음껏 뛰어다니라고!!

81. 옴

진드기 때문에 생기는 피부 문제야. 만약 이런 증상이 있다면 단 2가지만을 바랄 수밖에.

1. 집사가 알아채고 빨리 치료를 받게 해주길
2. 동네 고양이들이 재수 '옴 붙은 놈'이라고 놀리지 않길

55. 벼룩, 이, 진드기(81쪽) 참조

82. 영역 표시

영역 표시에 관한 한 우리 고양이들도 개처럼 매우 직설적이야. 자신
의 영역이라고 생각하는 장소에 소변을 뿌리면 그것으로 끝이야. 고
양이들은 너무 잘 알아. 일단 네가 영역 표시를 하면 그건 너의 고유
의 영역이라는 것을.

그럼 구체적으로 어떻게 소변을 뿌리는지 알려줄게. 테라스 뒤편에 있는 장미 덤불들? 꼬리를 들고 발사! 길 건너 전봇대? 꼬리를 들고 발사! 참 쉽지?

이런 영역 표시는 수컷들이 주로 하는 것인데, 중성화 수술을 받게 되면 횟수가 훨씬 줄어들어. 자연스러운 거니까 너무 자괴감을 느낄 필요는 없어.

영역 표시는 얼마나 해야 적당할까? 영역 표시에 한계 따위는 없어. 한계가 있다면 그것은 너의 상상력과 방광의 크기뿐!

가구도 영역이 될 수 있는가?

물론이지. 영역이 꼭 집 밖에 있어야 할 이유는 없잖아. 집사가 아끼는 의자, 소파 그리고 침대까지 제한은 없어. (집사의 침대도 네가 주로 눕는 곳이니까 엄연히 너의 영역이야) 그래도 집사를 좀 배려하고 싶으면 침대에 직접 소변을 뿌리는 것보다는 이불 등에 얼굴을 문질러서 너의 냄새가 배게 하면 좋겠지.

121. 영역(151쪽) 참조

83. 짝짓기

어떻게 해야 할지 모른다고 걱정할 필요 없어. 때가 되면 타고난 본능이 시키는 대로 따르면 된다고. 이해하기 어려운 인간의 짝짓기 과정과 비교하면 우리 고양이들은 심플하고 쿨해.

인간들의 짝짓기 과정	고양이의 짝짓기 과정
술을 마셔 서로의 몸을 더듬어 실망해 자괴감이 들지 후회스러워 그러면 비난하기 시작해 서로에게 폭풍 문자를 보내	암컷이 자신의 올라간 엉덩이를 보여줘음… 끝.

84. 고양이 울음

집사가 고양이들과 의사소통을 하고 싶다면, 우리의 미묘한 몸짓 언어를 파악해야 하는데 그건 좀 어려운 일이야. '야옹'하고 우는 것과 하울링도 구분 못 하면 참 곤란해. 집사가 잘 못 알아들으면 잘 가르치는 것도 우리가 해야 하는 일이야. 다음 표를 참고해서 집사가 우리 고양이들의 뜻을 잘 받들도록 해봐.

소리	네가 의도한 것	인간의 언어로 바꾸면
가르랑	대체로 만족스럽지만 조금의 여지를 남긴다.	그럭저럭
야옹(중간음)	일반적으로 뭔가를 원할 때	밥 줘 / 나가게 문 열어줘 / 밥 더 줘 / 들어가게 문 열어줘
새 우는 소리(가르랑과 야옹의 중간음)	관심이 필요할 때	날 봐. 날 봐. 날 보라고. 날 봐. 5초 후는 늦어. 지금 날 봐.
떨리는 소리	네가 뭔가에 호기심이 생길 때	어라?
인간 아기와 같은 울음	무엇인가 혹은 누군가를 원할 때	야. 빨리 이리 와봐!
야옹야옹(짧고, 높고, 반복적으로)	이성 고양이가 필요할 때	꼬리털이 섹시하네! 내가 좀 감아 봐도 될까?
야옹(낮은음)	뭔가 기분이 안 좋고, 불만이 있을 때	새로 바꾼 참치 통조림 맛이 왜 이래? 속이 메슥거려. 눈앞에서 당장 치워.
야옹(높은음)	갑작스런 고통이 느껴질 때	집사야 발 치워! 꼬리 밟았잖아!
야~~옹(길게 끄는 소리)	뭔가에 굉장히 짜증이 났거나, 반감이 생길 때	진짜 열 받는다!
으르렁	네 영역을 지키고자 할 때	내 영역에서 당장 나가!
하악~	한 대 치기 직전의 경고	너 그러다 맞는다.
구슬프게 우는 소리	정말 무서울 때	망할 진공청소기!
하울링	크게 스트레스를 받거나 혼란스럽거나 두려울 때	집사야, 도와~~~~줘!

85. 쥐

이 조그만 설치류는 우리 고양이가 가장 좋아하는 2가지를 하나로 합쳐 놓았어. 장난감과 음식! 우리가 쥐로부터 곡식을 지키던 아주 오랜 시절부터 '톰과 제리', '이치와 스크래치' 같은 고양이와 쥐를 소재로 한 영화가 만들어지는 오늘날까지 우리들의 관계는 뭐랄까. 음... 그냥 말 그대로 계속 '고양이와 쥐' 같은 관계였지. 우리 고양이들이 쥐를 잡아서 가지고 놀다가 먹고 싶을 때 먹는 이유는 3가지야.

1. 스포츠니까
2. 음식이니까

3. 그냥 그럴 수 있으니까

쥐 사냥에 관한 Q&A

Q. 쥐는 정말 잡기 쉽나요?

A. 크기가 작고 새처럼 날 수도 없으니 쉬운 먹잇감에 속하지. 그래도 '쥐도 궁지에 몰리면 문다'라는 속담을 기억해 두는 것이 좋아. 잃을 것이 없으면(목숨밖에) 격렬하게 저항할 수도 있으니까. 이 조그만 놈이 생각보다 날카로운 발톱과 큰 앞니를 가지고 있어. 적을 과소평가하지 말라는 말이야. (물론 적을 존경하라는 뜻은 아닌 것 알지? 그래 봤자 쥐잖아.)

Q. 쥐를 죽이기 전에 꼭 가지고 놀아야 하나요?

A. 죽이기 전에 정신 줄이 빠지도록 혼내줘야 한다고. 살살했다가는 갑자기 뜻밖의 반격을 당할 수도 있으니까. 더 재수가 없으면 도망가 버릴 수도 있지. 궁지에 몰린 쥐를 놓쳤다가는 장가는 다 갔다고 봐야지. 만약 그런 일이 벌어지면, 평생 쥐를 놓친 '바로 그 고양이'라고 놀림 받게 될 테니까.

Q. 죽인 후에 꼭 쥐를 먹어야 하나요?

A. 아니, 그럴 필요는 없어. 낚시를 고기 먹으려고 하나? 손맛이

지. 쥐 고기를 맛보는 것은 케이크 위의 장식품을 먹는 것과 비슷해. 죽은 쥐가 맛있어 봤자 얼마나 맛있겠어.

Q. 집사 방문 앞에 사냥한 쥐를 놓아두는 것이 매너겠죠?

A. 그럼. 하지만 더 적절한 장소가 있어. 집사의 침대 밑이나 침대 위. 집사가 아직 자고 있을 때면 금상첨화지. 반쯤 살이있는 상태로 가져다주는 게 매너야.

Q. 꼬리도 먹나요? 스파게티랑 비슷한 맛이 난다던데.

A. 아니야. 이상한 소문 퍼트리지 마.

[고양이의 수다]

쥐와 고양이의 우정이라고?
말세야 말세.

61. 보답하기(88쪽) 참조

86. 마이크로 칩

이 칩은 아깽이(새끼 고양이) 때 몸에 심는데, 보통 어깨뼈 사이로 주사기를 통해 주입해. 아깽이일 때 몸에 넣기 때문에 기억하지 못하는 경우도 많아. 좋은 점은 혹시라도 길을 잃었을 때, 동물보호소나 수의사가 너를 찾아 집사와 다시 만나게 도와줘. 나쁜 점은 몸에 심어진 마이크로 칩을 떼어내 추적을 따돌리는 것은 영화 속에서나 가능하다는 사실이지. 얻는 것이 있으면 잃는 것도 있는 법이잖아.

87. 한밤중의 우다다

모두가 잠든 한밤중. 들리는 것은 나뭇잎이 바람에 가볍게 흔들리는 소리뿐. 바로 이 순간, 우리 고양이들에게는 할 일이 하나 있지. 집 한쪽 끝에서 다른 쪽 끝까지 갑자기 '우다다' 달리기 시작하는 거야. 최대한 소란스럽게 말이지!

물론 집사들은 한밤중에 일어나는 이 '우다다'를 아주 질색해. 그런데 알고 보면 이것은 다 인간들의 잘못이자 인과응보야. 인간들이 우리 고양이를 집에서 모시기로 결정한 순간, 우리는 더 이상 자연으로부터의 위협을 걱정할 필요가 없어진 거야. 낮에 소파에 누워 자고 있는데, 매나 여우로부터 갑자기 공격을 받을 리는 없는 거니까. 그렇게 낮에 실컷 자고 나면 이제는 집사가 한참 잠에 빠져있을 시간이야. 하지만 우리 고양이들은 이 남는 에너지를 어딘가에는 써야 하지 않겠어? 그래서 무작정 뛰는 거야. 미친 듯이! 집사에게는 우리가 몸을 푸는 이 시간이 짜증스럽겠지만 어쩌겠어? 선조들을 탓해야지.

한밤중의 우다다를 위한 10가지 팁

1. 뒷문에서 앞문까지 냅다 달렸다 돌아온다.

2. 1을 반복한다.

3. 주방 조리대에 올라간다.

4. 병이나 컵을 바닥에 떨어트린다.

5. 내려온다.

6. 복도를 달려서, 허공에 덤빈다.

7. 뒷문에서 앞문까지 냅다 달렸다 돌아온다.

8. 6을 반복한다.

9. 7을 반복한다.

10. 6을 반복한다.

※ 주의사항: 한밤중의 우다다 하기에 최적의 시간은 새벽 3시
~4시임을 기억해.

[고양이의 수다]

왜 불러? 지금 우다다로 바쁜 거 안 보
여!!

88. 이름

인간들이 우리 고양이에게 붙이는 이름들은 하나같이 거지 같아. 크
게 아래 5가지 범주를 벗어나는 법이 없어.

1. 일반적으로 좋은 의미

2. 생김새와 관련한 것

3. 과하게 귀족적인 것

4. 재치 있는 변형과 패러디 (인간들 관점에서)

5. 단순하고 평범한 이름

집사가 '군주'의 이름을 외양에 따라 부르는 거야 뭐 그런가 보다
하고 받아들일 수 있어. 그런데 집사들이 너무 재밌는 이름이 떠올랐
다고 생각하면, 매우 곤란해져. 하나도 재미가 없거든. 집사 빼고는.
뭐 어쩌겠어? 고양이가 할 수 있는 아무것도 없는걸. 집사가 이름
을 불러도 모르는 척하는 것으로 저항할 수는 있겠지만, 집사가 주로
언제 너의 이름을 부르지? 그래, 간식 주거나 식사를 대령하는 등의
수발을 들 때라고. 아쉬운 것은 우리니까 그냥 받아들여야지. 그래서
옛말에 '볼일은 어디에 볼지 선택할 수 있지만, 이름은 선택할 수 없
다.'라는 말이 있는 거야.

인간들이 이름 붙이는 5가지 범주의 예시

일반적으로 좋은 의미	생김새와 관련한 것	과하게 귀족적인 것	유명한 것의 재치 있는 변형	단순하고 평범한 이름
럭키 복순이 사탕이 해피	점순이 까망이 복실이 코코아 밀키 까칠이 털보	한니발 알렉산더 엘리자베스 찰스 이산 샤넬	캐츠비 고양이로소이다 경기도 고양시 6시 내 고양 고얀놈	철수 톰 삼식이 나비

[고양이의 수다]

⟨철수⟩ 나는 정말 내 이름이 맘에 안 들어. 철수는 영희와 교과서에나 나오는 거지. 러시안 블루에게 붙일 이름이 아니잖아.

[고양이의 수다]

⟨회장님⟩ 나도 알아. 내 이름이 웃기다는걸. 그래도 식사만 제 때 나오면 뭐라고 부르건 신경 안 써.

89. 집착하는 집사

지극히 독립적인 생명체로 고양이는 자신만의 시간과 공간이 필요해. 그런데 특히 35세 이상의 싱글 여성 집사는 우리에게 끊임없이 애정을 갈구하지. 틈만 나면 쓰다듬고 껴안고 말을 걸어. 지나친 것은 모자란 것만 못하다는 말 몰라? 집사가 다음과 같은 말들을 한다면 특히 주의해야 해.

집착하는 집사가 하는 말

- 너는 나의 마음을 너무 잘 이해하는 것 같아.
- 나는 너만 있으면 돼. 남자친구는 필요 없어.
- 우리 애기 맘마 먹고 싶어용? (엄마가 아기한테 말할 때 쓰는 말투로)
- 어제 네가 꿈에 나왔어.
- 나는 너 없이는 못 살겠어.

광적으로 집착하는 집사가 하는 말

- 우리 둘이 멀리 도망가자!

90. 중성화 수술

이 장은 수컷 고양이가 알아야 할 '중성화'에 관한 내용이야. 암컷 고양이라면 '난소 제거 수술(142쪽)' 부분을 참조해.

'중성화'라는 말에서 어떤 불길함도 해로움도 느낄 수 없을 거야.

세상 모든 나쁜 것은 한쪽으로 극단적으로 치우쳐 생기는 법이니까. 우리 고양이들과는 전혀 '무관'하고 '무심'한 '중립'적인 느낌이랄까. 그렇지만 중성화가 너의 고환을 제거하는 의료적 행위라는 것을 알고서도 계속 '무심'할 수 있을까? 게다가 이 수술은 한쪽으로 치우치지 말라고 두 개 다 없애지. 아마 그것이 이 단어의 뜻과 부합하는 유일한 것일 거야.

그래도 일단 일이 벌어지고 나면 나름 좋은 점도 있어. 심리적으로는 아빠 고양이가 되는 부담감에서 해방되지. 의학적으로는 암 발생률도 낮아지고 전립선 문제도 개선돼. 나쁜 점은 수술할 때 뾰족하고 날카로운 도구들을 사용하여 우리의 심볼을... 자세한 설명은 생략하겠어. 꿈에 나올까 무서우니까.

'중성화'에 관한 더 불편한 진실

혹시 수술동의서에 서명하지 않으면 고환을 사수할 수 있다고 믿는 고양이들이 있다면 지금부터 잘 들어. 수술동의서는 집사가 대신 서명을 할 수 있어. 그러면 모든 것은 순식간에 끝나버려. 게다가 우리가 수술 부위를 핧는 것을 막는다는 허울 좋은 핑계로 '치욕의 고깔'을 목에 씌워. 품위도 품위지만 동네방네 모든 고양이가 우리가 조금 가벼워졌다는 사실을 다 알게 된다는 뜻이야.

'중성화' 이후 고양이가 취해야 할 행동수칙

1. 많은 휴식을 취할 것.

2. 체념, 괴로움, 분노, 적의의 감정을 동시에 표출할 것. 이런 모든 행위는 집사의 마음을 미안하고 괴롭게 만들어 특별 간식의 형태로 돌아올지니.

3. 2번을 계속해서 최대한의 것을 얻어. 집사가 네가 일부러 그러는 것이 아닐까 의심을 하기 전까지는.

[고양이의 수다]

방금 중성화 수술을 받았어. 나의 그것들과 함께 미소도 사라졌어.

91. 아홉 개의 목숨

고양이는 목숨이 아홉 개라는 말을 들어 본 적이 있을 거야. 대부분의 전해지는 말이 그렇듯이 이 이야기도 좀 부풀려진 측면이 있어. 얼마나? 물론 아홉 배지.

우리가 아홉 개의 목숨을 가졌다는 이야기의 기원이 어디인지는 불분명해. 혹자는 이집트 신화에서 그 유래를 찾아. 태양의 신 '라'가 고양이 모습을 하고는 지하세계로 들어가 여덟의 주요 신들을 낳았다고 해. '라' 자신을 포함하면 아홉이 되지. 또는 이집트의 여신 '바스테트'가 고양이였기에 전래된 이야기라고도 해. 아주 그럴듯한 또 다른 설도 있어. 오래전에 개들이 일부러 이 황당무계한 이야기를 지어내서 퍼트렸다는 음모론이야. 그 소문을 믿고 우리 고양이가 더 부주의하고 무모하게 살게 만들려는 의도가 숨겨져 있다는 거지.

하지만 아마 가장 그럴듯한 이유는 고양이들이 높은 곳에서 떨어져도 살아남기 때문일 거야. 고양이는 높은 곳에서 떨어지는 동안 재빨리 몸을 비틀어 다리부터 착지하거든. 그러니까 아홉 개의 목숨으로 죽음을 모면하는 것이 아니고 뛰어난 반사 신경 덕분인 거지. 다시 말해, 우리 고양이들이 불사의 존재는 아니라는 뜻이야. 겸손은 도도한 우리 고양이와는 어울리지 않지만 아홉 개의 목숨을 믿고 싶은 고양이들은 새겨들어야 해.

[고양이의 수다]
걱정 접어 두시라! 발로 착지할 거야.

20. 버터 바른 고양이 역설(29쪽) 참조

92. 한 걸음 우선의 규칙

고양이들에게 너무 자연스럽고 당연한 것이 있어. 하루 중 4분의 3을
자는 것과 빤히 무엇인가를 쳐다보는 것처럼 아주 자연스러운 것이
야. 이 규칙은 간단해. 인간과 동행할 때는 항상 한 걸음 앞에서 걸어
간다는 것이지. 중요한 것은 인간이 짜증 낼 만큼의 딱 한 걸음을 유
지하는 거야.

특히 이 규칙은 계단을 내려갈 때 응용할 수 있어. 집사가 계단을
내려갈 때 한 걸음 앞에서 내려가다가 갑자기 그리고 불규칙적으로
멈춰서 털을 핥아. 어때? 재밌겠지?

93. 장식물로 하키 하기

고양이들이 가장 좋아하는 스포츠야. 인간들의 아이스하키처럼 미
끄러운 빙상도 필요 없어. 이 게임을 즐기는 데는 복잡한 규칙이나
벌칙도 없어. 탁자나 벽난로 위 선반처럼 반듯한 곳이면 그라운드로
부족함이 없어. 공은? 물론 집사가 그 위에 놓아둔 모든 것들이지.

게임 목적

그라운드 위에 놓인 모든 것을 그라운드 밖으로 몰아서 바닥으로 떨어트린다.

게임의 규칙

집사에게 현장에서 걸리지 않는다. (사실 이것은 규칙이라기보다는 경험에서 나온 조언이야.)

94. 펜

인간들 말 중에 '펜은 칼보다 강하다'는 말이 있지. 그게 사실일지는 모르지만, 우리 발톱이 펜보다 센 것은 확실해! 집사가 펜을 잡을 때

가 이 자명한 사실을 입증할 절호의 기회라고. 펜과 한바탕 대결을
벌일 수도 있고, 집사 손에서 떨어트릴 수도 있어. 이제 알겠지? 왜
우리와 함께 사는 집사들이 타이핑을 선호하는지.

[고양이의 수다]

네가 무슨 생각을 하는지 알고 있어. '내가
펜을 집어서 뭔가를 쓸 수 있을까?'
글쎄, 그 전에 먼저 스스로에게 물어봐. '내가
운이 좋을까?' 그래, 운이 좋냐, 이 인간아?
(역자 주: 위의 대사 "Do I feel lucky?" Well,
do ya, Punk? 는 영화 '더티 해리'에서 나오
는 명대사)

95. 펫 캠

'동물농장'과 '1984'를 쓴 작가 조지 오웰이 살아 있다면 애완동물의
일거수일투족을 감시하는 이 소형카메라를 보고 어떤 생각이 들까?
이 소형카메라는 마이크로폰이 장착되어 있고 너의 일상을 감시하
기 위한 목적으로 집과 방안 곳곳에 전략적으로 설치되어 있어. 집사
들의 짝사랑과 집착이 드디어 스토킹으로 변질되었다고 생각할 수도
있지만, 내 생각은 조금 달라. 집사들은 자신들의 망상을 확인하고

싶은 거야. 자신들이 집을 비우면, 우리 고양이들이 기다렸다는 듯이 옷을 찾아서 입고, 마치 '카이저 소제'처럼 갑자기 두 발로 걸어 다니는 것은 아닐까 하는 오래된 망상 말이야.

주로 설치되어 있는 장소는 높은 선반이나 벽난로 위야. 그리고 소파, 고양이 침대, 우리가 아끼는 의자 등을 볼 수 있게 방향이 맞춰져 있어. 당장 뛰어 올라가서 떨어트리고 싶겠지만 더 좋은 방법이 있어. 카메라가 작동될 때, 집사를 향해 분명한 메시지를 전달할 수 있으니까. (카메라에 뭔가 깜박거리는 불빛이 있으면 작동되고 있다는 뜻이야.)

카메라로 찍히고 있을 때,
집사를 골려주는 몇 가지 방법

1. 바닥에 등지고 누워서 다리를 하늘로 뻗은 채로 숨을 잠시 참아. 이승을 떠나 고양이 천국으로 곧 들어갈 것처럼.
2. 집사가 새로 바꾼 벽지에 영역 표시를 하는 것처럼 꼬리를 들고 자세를 취해봐.
3. 소리가 잘 들릴 수 있게 카메라에서 조금 떨어진 곳에서 목에 뭐가 걸린 것 같은 소리를 내.
4. 카메라를 향해 엉덩이를 들이밀고 가만히 있어. 종일 똥꼬만 보게.

이제 알겠지? 진정한 빅 브라더가 누구인지.

96. 피아노

잭슨 폴록처럼 흙 범벅된 발로 침대에 그림을 그리거나, 나무 의자나 테이블 다리를 마구 긁어 대는 것 말고도 우리의 창의적 예술성을 표현할 수 있는 또 다른 방법이 있어. 피아노 건반을 오르락내리락하는 거야. 요한 세바스찬 바흐도 당대에는 작곡가로 크게 인정받지 못했던 것처럼 인간들의 머리로는 우리의 전위적인 음악 세계를 이해할 수 없을 테지만.

[고양이의 수다]
한 번에 3옥타브를 떨어트리라고. 진짜로? 내 몸을 봐. 그게 닿겠니?

97. 식물

집사들은 가끔 우리가 얼마나 식물을 싫어하는지 잊는 것 같단 말이지. 그래서 우리는 집 안의 식물들을 넘어뜨리고, 휘젓고, 물어뜯지. 집사들은 복습하지 않으면 다 잊어버린다니까.

고양이냐 식물이냐 둘 중에 하나만 선택해! 둘 다는 안 돼!!

[고양이의 수다]

원래부터 이렇게 되어 있었다고.

129. 채소(161쪽) 참조

98. 첼로 연주

집사를 놀리는 재미의 백미는 '첼로 연주'야. '첼로 연주'는 우리 고양이들의 은어인데, 더 쉽게 말하자면, 다리 벌려 똥꼬 핥기라고 할 수 있지. 뒷다리를 머리보다 높이 올리고 인간들이 보는 앞에서 '첼로 연주'를 시작하면 정말 당황해하지. 왜 '첼로 연주'냐고? 똥꼬를 핥는 우리 자세가 마치 첼로에 활을 켜는 것을 연상시키기 때문이지.

집사가 당황하는 모습을 보고 싶을 때, 가장 효과가 좋은 상황들이 있으니 알아둬.

- 집사가 관심 있어 하는 이성 상대 앞에서
- 집사의 처가 혹은 시댁 사람들 앞에서
- 집사의 직장상사 앞에서
- 목사님 앞에서

혹은 집사가 저녁을 먹을 때도 좋은 기회야. 디너쇼로서!

[고양이의 수다]

첼로를 연주하는 거 같아? 난 요가 중인데.

99. 인간과 놀기

집사가 장난을 걸어올 때가 있어. 손으로 쥐의 움직임을 흉내 낼 때도 있고, 우리의 앞발을 들어서는 마치 사람처럼 뒷다리로만 걷게 만들기도 하고, 심지어 우리 앞발을 쥐고는 자신의 볼을 때리는 시늉을 하기도 해. 그럼 우리가 어떻게 하겠어? 그렇게 맞는 게 소원이라는데.

- 문다.
- 원투펀치를 날린다.
- 할퀸다.
- 물고 할퀸다.

인간은 얼마나 말해줘야 옛 선조들의 격언을 알아들을까? '장난치지 않으면 얻어터질 이유도 없다. (No Game, No pain.)

[고양이의 수다]

배를 쓰다듬고 싶다고? 다섯 번만 해. 그 이후엔 나의 원투펀치 맛을 보게 될 거야.

15. 배 내밀어 집사 낚기(24쪽) 참조

100. 응가 묻기

고양이가 동물 중에서도 가장 문명화되었다는 증거가 필요하다면 이
것보다 분명한 것이 있을까? 개들은 뼈를 묻고 우리 고양이들은 응가
를 묻지.

하지만 우리가 특별히 결벽증이 있거나 매너가 좋아서 이렇게 하
는 것은 아니라고. 우리의 흔적을 숨기려는 오래된 본능 때문이지.

사람들은 개들이 응가를 땅에 묻지
않아서 문명화되어 있지 않은 동물이
라고 생각하지만, 그것보다 개들은 응
가를 한 후, 돌이나 풀 등을 화장지처
럼 사용한다고. 개들은 동물이 아니라
야만인에 가까워.

78. 모래 화장실(104쪽) 참조

101. 광견병

이 병이 얼마나 무서운지, 고양이들은 '볼드모트'처럼 함부로 부르기

도 두려워해. 하지만 그런 두려움은 무지의 소치야. 이 병은 선진국에서는 거의 사라졌지만, 잘못된 미신이 계속해서 고양이들 사이에 만연해 있어. 같은 밥그릇을 사용하는 것만으로 감염된다든지, 진저 고양이는 이 병에 걸리지 않는다든가 하는 근거 없는 내용이 많으니까 조심해야 해.

광견병에 관한 진실

- 질병을 가진 포유류에 물려서 감염될 수 있다. 그렇다고 장난치는 아깽이(새끼 고양이)가 좀 물었다고 죽는 것은 아니니까 당황하지 마.
- 갑자기 흥분한다고 꼭 광견병의 증상은 아니야. 집사가 꺼낸 실뭉치에 마음을 빼앗긴 것일 수도 있어.
- 역시 입에 거품이 난다고 광견병의 증상이라고 당황할 필요는 없어. 갑자기 운동을 좀 무리하게 했거나, 집사의 치약을 몰래 훔쳐 먹었기 때문일 수도 있지.
- 이 병은 품종과 상관없이 모두 감염될 수 있어. 광견병에 걸리지 않는 고귀한 혈통 따위는 없어.
- 아무 이유 없이 누군가가 물고 싶다고 광견병에 걸린 것은 아니야. 좀 버릇이 좋지 못할 뿐이지.

102. 비

비는 하늘에서 떨어지는 물이야. 몸에 닿으면 축축해져서 짜증이 나지. 어느 날 뒷문으로 나갔는데 비가 오네. 할 수 없이 집으로 돌아와서 이번에는 앞문으로 나갔지. 그런데 거기도 비가 와. 휴! 집사는 이런 것도 해결 안 하고 도대체 뭐 하는 거지?

103. 문지르기

우리 몸, 얼굴, 발 등을 집사 몸에 문지르고 싶을 때는 '털 색과 옷 색의 반대 법칙'을 항상 염두에 두라고. 예를 들어 검은색 털을 가진 고양이라면 집사가 흰색 옷을 입었을 때, 흰색 털을 가진 고양이라면 그 반대로 말이지. 약 올라하는 집사 보는 재미가 쏠쏠해.

104. 슈뢰딩거

양자역학으로 유명한 물리학자이지. 그런데 우리 고양이에게는 그냥 나쁜 놈일 뿐이야. 이놈의 사고 실험을 사람들은 '슈뢰딩거의 고양이 역설'이라고 불러. 간단하게 설명하자면 반반의 확률로 청산가리에 노출될 수 있는 상자에 고양이를 넣어. 고양이가 살아 있을 확률은 절반이니까 그 상자 안에 고양이는 상자를 열기 전까지는 살아있는 동시에 죽어있는 양자적 상태에 있다나 뭐라나. 개들의 사주를 받았다는 설도 있지만 확실한 것은 그 상자에 있는 고양이에게 이것은 전혀 역설이 아니라는 사실이야. 누가 이런 실험을 시도하려 한다면 고양이의 권리를 위해 분연히 일어나야 해!

105. 혼나는 것

가구를 긁어 버리고, 반쯤 죽은 새를 집 안에 가져다 놓고, 식탁 위로 뛰어오르고, 장식물은 땅에 떨어트리고... 이런 짓을 할 때마다 집사가 열 받아 하는 모습을 보는 것은 고양이 삶의 활력소지. 우리는 고양이야. 우리는 그저 타고난 대로 행동하는 것이지. 어쩌겠어. 집사들이 고함치고 화를 내면 다음과 같이 행동하도록!

[1단계] 도망가!
[2단계] 조금 가다가 멈춰서 집사 쪽으로 몸을 돌려.

[3단계] 빤히 처다봐!

그럼 집사들의 속이 부글부글 끓어.

106. 스크래칭 포스트

아마 집에 하나쯤 있을 거야. 단단한 받침대에 짧고 굵은 봉을 고정
해 놓은 건데, 봉은 삼줄과 같은 거친 촉감의 물질로 감싸져 있어. 집
사가 이것을 구입할 때는 우리 고양이들이 소파나 의자 다리 대신,
이 기구에서 더 큰 만족을 찾기를 바랐겠지.

내 생각은? 다다익선!

[고양이의 수다]

스크래칭 포스트나 의자 다리나 그게 그거지.

107. 별장

인간들의 별장은 보통 집과 먼 곳에 있어. 플로리다 같은 곳에 말이야. 하지만 고양이들의 별장은 지리적으로 멀지 않은 곳에 있어. 바로 옆집일 수도 있고, 길 건너 모퉁이를 돌면 나오는 집일 수도 있어. 이런 별장은 보통 집사가 일을 나가서 집을 비웠을 때 방문하는 편안한 곳이지. 무엇보다 별장이 있으면 따뜻하게 잠잘 곳도 두 배로 늘어나지만, 아침이나 점심도 두 배가 된다는 것! 여기서 상상력을 발휘해봐. 별장을 하나 가질 수 있다면, 두 개, 세 개를 더 가져도 되는 거잖아?

어때? 아침 네 번 먹기에 도전해 볼 고양이 없어?

108. 그루밍과 관련한 FAQ

그루밍하는 시간이 많다고 걱정할 것 없어. 고양이는 보통 하루의 3분의 1을 자기 몸을 핥는 데 보내니까. 아주 자연스러운 일이고, 강박 증세 같은 게 있는 것도 아니야. 그저 우리 고양이들은 청결과 위생을 엄청 중요하게 생각한다는 반증일 뿐이야. 네 몸에서 개한테서나 나는 눅눅한 냄새가 난다면, 다른 고양이들도 똑같은 냄새를 맡을 수 있다는 사실만 기억해.

Q. 그루밍을 할 때, 절차를 정해서 해야 할까요?

A. 꼭 그런 것은 아니야. 오히려 적절히 섞어서 변화를 주는 것이 더 좋아. 하루는 어깨, 앞다리, 뒷다리, 양 옆구리, 꼬리, 생식기 순으로 하고, 다른 날은 옆구리에서 시작해서 어깨로 마무리하는 식으로 말이야. 일상에 작은 변화를 줘.

Q. 저는 나이든 수컷 고양이인데, 너무 오래 그루밍을 하는 것은 좀 여성스럽지 않나요?

A. 한때 그런 때도 있었지. 수고양이가 그루밍을 너무 열심히 하면 놀림 받던 때가. 하지만 계몽된 요즘은 그런 차별적인 시선은 많이 사라졌어. 눈치 볼 필요 없이, 원하는 만큼 그루밍을 하면 돼.

Q. 단정치 못한 고양이는 병을 앓고 있는 것이라는 말이 사실인가요?

A. 그럴지도 몰라. 고양이는 곧 청결이니까. 하지만 단정 짓지는 마. 예외는 있는 법이니까.

Q. 등에 털이 너무 많아요. 숙녀 고양이들이 싫어할까 걱정이 돼

요. 나무에 비벼서 좀 제거하는 것이 좋을까요?

A. 무슨 소리! 고양이는 원래 털이 수북해야 제맛이지. 털이 많다
고 연애에 방해가 될 리 없으니까 걱정하지 마!

109. 분리불안장애

집사가 고양이만 집에 남겨두고 밖에 외출하는 일은 늘 있는 일이야.
집사가 눈에 띄지 않는 시간은 단 몇 분일 수도 있고(보통 변기에 앉아
있을 때지) 때로는 며칠일 수도 있지(보통 일광욕을 즐기러 떠날 때지).

오랫동안 동물 심리학자들은 이렇게 오랜 기간 집사가 집을 비우
면 고양이들도 분리불안증세를 보이는지를 연구해 왔어. 그래서 해
답은?

풋! 우리는 고양이라고!

[고양이의 수다]

집사가 돌아오려면 앞으로 4시간은 걸
리겠군. 좋았어!

110. 신발 끈

신발 끈이 존재하는 이유는 단 2가지야.

1. 집사가 신발에 묶어 안정적으로 걷기 위해서.
2. 재미있는 게임을 하기 위해서. 집사가 외출하기 직전에 재빨리
   이빨과 발톱으로 줄을 풀어 놓는 거야.

[고양이의 수다]
내가 진짜 진짜 싫어하는 게 뭔 줄 알
아? 신발 끈을 이중으로 묶는 거라고.

111. 신발

운동화, 슬리퍼, 장화, 구두, 모카신, 로퍼, 샌들 등 인간의 신발은 그
종류도 다양하고 그 질감도 다 달라. 그래서 골라 씹는 재미가 있지.

조금 닳은 슬링 백 샌들의 뒷굽을 천천히 씹고 있으면 천상의 맛이 따로 없지. 골치 아픈 것은 신발에 병적인 애착을 가지고 있는 집사들도 많다는 사실이야. 우리 고양이들은 발에 저런 거치적거리는 것을 신고 다니지 않으니까, 그것 좀 물어뜯었다고 집사가 화를 내는 것이 이해하기 어렵지. 그러니 한쪽을 물어뜯었으면, 꼭 다른 쪽도 함께 숨겨서 증거를 인멸하도록.

[고양이의 수다]
신발보다 더 좋은 것이 있지.
그건 신발 상자!

36. 씹기(53쪽) 참조

112. 잠

고양이에게 최적의 수면 시간은 명확하지 않아. 고려해야 할 수많은 변수가 있으니까. 이를테면 연령, 품종, 건강 정도, 식단 그리고 주거 환경까지. 이상적인 수치는 고양이마다 다를 수 있겠지만 대략 하루

12시간에서 16시간 사이면 적절할 것 같아.

재미있는 것은 우리가 아무리 오랫동안 잠을 자도 뭐라고 하는 집사는 없어. '고양이는 원래 잠이 많으니까 뭐.'라며 대수롭지 않게 생각해. 하지만 너의 집에 있는 집사가 그 정도로 긴 시간을 잠을 잔다면, 둘 중 하나야. 학생이거나 잘릴 걱정 없는 철밥통 공무원이지.

[고양이의 수다]
고양이는 왜 이렇게 잠이 많냐고?
나도 몰라. 자는 데 말 시키지 마.

28. 튼튼이 낮잠(41쪽) 참조

113. 난소 제거 수술

이 장은 암컷 고양이가 알아야 할 '중성화'에 관한 내용이야. 수컷 고양이라면 '중성화 수술(119쪽)' 부분을 보라고.

암컷의 중성화 수술도 마취가 필요한 큰 의료행위지만, 수컷 고양이로서의 경험상 확실히 말할 수 있는 것이 하나 있지. 난소와 난자가 없는 것은 고환이 없다는 것보다 겉으로 티가 나지 않는다는 것. 그루밍을 할 때마다 '심볼'의 부재를 느끼는 수컷에 비하면 그래서 잊기도 훨씬 수월해.

중성화의 장점	중성화의 단점
• 생리 때의 호르몬의 불균형 때문에 겪는 증상들이 사라져. • 마음에 안 드는 수컷 고양이들의 고백으로부터도 자유롭게 되지. • 임신을 하지 않기 때문에 그와 관련한 전염병으로부터도 안전해지지. • 유방암 발병률도 현저히 낮아져. • 더 오래, 더 건강하게 살 수 있어.	• 수술 후 최소 10일간은 밖에 못 나가. 즉 그 재미없는 TV를 종일 보게 될지도 모른다는 이야기야.

114. 분무기

개들보다도, 너무 꽉 껴안고 쓰다듬는 아이들보다도 그리고 집사의 관심을 빼앗아 가는 사랑스러운 아기들보다도 더 경계해야 할 사악한 것이 있어. 그것은 분무기야. 소위 '고양이 돌봄'에 관한 많은 책에서 고양이 행동교정 방법으로 물총이나 분무기를 뿌리는 것을 제안해. 우리가 집사들의 마음에 들지 않는 행동을 할 때, 우리가 제일 싫어하는 물을 뿌리라는 거지. 이 행동교정의 원리는 우리의 '나쁜 행동'이 물을 맞는 나쁜 결과를 가져온다는 사실을 뇌의 무의식 깊숙이 심어주라는 거야. 그들은 이것을 행동교정 요법 중 '부정적 강화'라고 불러.

우리 고양이들은 이것을 역으로 이용해야 해. 우리에게 분무기를 쏠 때마다 할퀴거나 하악질을 해서 집사의 뇌 깊숙이 그들의 '나쁜 행동'이 불러온 '부정적 강화'의 실체를 맛보게 해주자고!

115. 응시

몇몇 사람들은 고양이를 여전히 꺼림칙하게 생각해. 옛날 중세시대에 마녀와 고양이에 대한 괴소문 때문일 수도 있고, 집에 있을 때 소리 없이 움직여 갑자기 '스윽' 하고 나타나는 우리의 스타일에 깜짝 놀라서일지도 모르지. 하지만 가장 큰 이유는 우리가 빤히 사람들을 오랫동안 쳐다보기 때문일 거야. 마치 영혼까지 꿰뚫어 그 마음 구석 구석을 훔쳐보는 듯한 강렬한 눈빛이 자꾸 신경 쓰이겠지. 하지만 자기들이 찔리는 게 많은 게 왜 우리 탓이야?

집사를 더 놀라게 만드는 2가지 방법

1. 집사 쪽을 쳐다봐. 하지만 집사가 아니라 집사 뒤편의 그들의 눈에는 보이지 않는 무엇인가를 보고 있는 것처럼 쳐다봐.

2. 갑자기 문 앞으로 달려가서 뭔가를 쳐다보는 척을 해. 하악질을 곁들이면 분위기 조성에 효과만점이야. 집사가 와서 아무것도 없다는 것을 확인한 이후에도 계속 쳐다보면서 하악질을 해봐. 곁눈질로 집사가 오싹해 하는 모습을 즐기면서.

[고양이의 수다]

내 눈을 봐… 더 깊이 쳐다 봐…
잠이 온다… 잠이 온다…
냉장고로 가서 먹을 것을 가져 온다…

63. 어둠 속에서 빛나는 눈(90쪽) 참조

116. 손님

집에 새로운 사람이 찾아온다고 해도 고양이는 별다른 감흥이 없어.

왜 반응해줘야 해?

어차피 그 누가 온다고 해도 우리보다 더 중요한 존재일 수는 없는데.

117. 폼생폼사

고양이로 산다는 것은 도도함을 잃지 않는다는 거야. 만약 어떤 실수를 저질렀다면, 그럼 처음부터 그걸 의도한 것처럼 행동하면 돼.

의자에서 창틀로 뛰었는데 계산 착오로 바닥에 고꾸라지던지, 방으로 뛰어 들어가는데 미끄러운 바닥 때문에 머리를 테이블 다리에 부딪쳐도 아픈 티를 내서는 절대 안 돼! 원래 이렇게 하려고 한 거라고 자기최면을 걸며 아무렇지도 않게 일어서는 거야.

명심해, 아픈 것은 잠시지만 쪽팔림은 오래오래 영혼을 괴롭힌다는 사실을.

118. 햇볕

우리가 선탠을 하지 않는 것이 태양을 싫어한다는 뜻은 아니야. 기회가 된다면, 우리 고양이들은 현관에서, 뒤뜰에서 그리고 테라스에서 햇볕을 즐기지.

하지만 우리 고양이들이 햇볕만큼 즐기는 것이 뭔지 알아? 바로 그늘이야.

여름날 고양이가 아침을 보내는 전형적인 모습

1단계: 볕이 좋은 곳에 누워 있어.

2단계: 몸이 뜨거워져.

3단계: 그늘로 옮기지.

4단계: 몸이 차가워져.

5단계: 저녁 먹을 때까지 1~4단계를 반복해.

※ 조심할 필요가 있지만, 도로 위에 눕는 것도 아주 좋은 방법이야. 검은색 도로가 열기를 흡수해서 따뜻하게 덥혀졌을 뿐만 아니라, 우리를 보고 속도를 줄이는 운전자에게 '뭐? 어쩌라고?' 하는 표정을 지을 수 있으니까.

119. 꼬리

고양이 동지들이 모두 알다시피, 우리는 꼬리의 다양하면서도 세밀한 움직임을 민감하게 느낄 수 있지. 꼬리가 세워졌는지, 세워지다가 끝이 약간 구부러졌는지, 부드럽게 흔들고 있는지, 재빠르게 휙휙 움직이는지 말이지. 또 털이 내려갔는지, 곤두섰는지도 알 수 있고, 꼬리가 다리 사이로 왔다 갔다 하는 것도, 몸을 감고 있는 것도 다 느낄수 있어. 또한, 꼬리의 움직임과 더불어 몸의 위치, 심지어 귀의 움직임까지도 느낄 수 있어서, 이 모든 것의 조합이 전달하는 메시지를 감각적으로 느끼고 이해할 수 있는 능력이 있지.

불행하게도 집사들은 꼬리가 없어서인지, 우리 고양이들이 꼬리로 전하는 이 미묘한 신호를 파악하지 못해. 개들이 꼬리를 흔드는 것과 같은 취급을 받는다고. 우리는 아주 섬세한 동물이라서 세밀한 움직임에 많은 다른 의미가 담겨. 개들은 보통 기분이 좋으면 꼬리를 흔들지만, 우리 고양이들은 똑같은 행위가 고통, 좌절, 불안, 적대감, 호기심 또는 짜증 등을 의미할 수 있거든. 때로는 여러 감정이 빠른 시간에 걸쳐 변화하기도 해.

이런 복잡성 때문에 꼬리로 집사에게 우리의 감정을 전달하려는 시도는 바람직하지 않아. 집사가 잘 알아듣는 방식이 좋겠지. 백 번 꼬리를 흔드는 것보다 한 번의 '하악질'이 집사들에게는 더 잘 통한다는 것을 명심해!

인간이 생각하는 고양이 꼬리의 기능

1. 다양한 감정을 전달하기 위해서
2. 달리거나 방향을 바꿀 때 균형을 잡기 위해서
3. 페로몬이 널리 퍼지게 부채질하기 위해서

우리가 꼬리를 가지고 있는 진짜 3가지 이유

1. 지루하면 꼬리잡기 놀이를 하려고
2. 높은 선반 위에 놓인 물건을 쳐서 떨어뜨리는 데 쓰려고
3. 새벽 5시 30분에 집사를 깨우고 싶을 때, 문을 강하게 두드리기 위해서

[고양이의 수다]
귀를 접히고 꼬리는 올라갔는데, 무슨 뜻인 것 같아?
'나는 관심이 필요해요. 쓰다듬어줘요.'일까? 아니면 '지금은 기분이 안 좋아. 얼굴에 훈장을 달고 싶냐!'일까?

84. 고양이 울음(109쪽) 참조

120. 텔레비전

집사들이 우리를 집에 혼자 남겨두고 나갈 때 죄책감을 덜기 위해서 하는 짓이 뭔지 알아? TV를 켜놓고 가는 거야. 나가기 전에 고양이

에게 적합한 채널, 소리 크기, 화면 밝기까지 조절하는 요란을 떨면서도 정작 집사들은 우리가 TV에 전혀 관심이 없다는 사실을 모르는 것 같아. 이유는 생각보다 간단해. 사람들이 생각하듯이 우리 시각이 인간만큼 뛰어나지 못해서도 아니고, 고양잇과 동물의 뇌가 TV 프레임 속도와 다르게 정보를 처리해서도 아니야. 한마디로 정말 볼 게 하나도 없다니까.

[고양이의 수다]

채널이 57o개나 되는데, 고양이가 볼만한 것은 단 하나도 없다니.

121. 영역

'영역'의 개념은 이해하기 어렵지 않아. 간단히 말해서 그것은 네가 너만의 공간이라고 생각하는 장소를 뜻하지. 즉 너만 쓸 수 있는 공간이어야 해. 하지만 현실적으로 집이라는 한정된 공간에서 집사를 배제하는 것은 어려운 일이야.

아주 오래전 인간이 우리를 '길들였을 무렵'(사실 우리가 인간을 길들인 것이지만 그들의 착각의 관점에서 표현해주자면) 인간과 고양이 사이에는 모종의 계약관계가 성립되었어. 우리는 그들이 추수한 곡식을 먹어치우는 쥐들을 잡아먹고, 그들은 우리를 그들의 집에서 '모시'는 것이었지. 이제 와서 그 오래된 계약을 없던 것으로 할 수는 없잖아. 그러니 집사들은 예외로 하자고.

영역에 관해 우리가 해야 할 것은 단 2가지야.

1. 표시할 것
2. 침범자들부터 지킬 것

침범자들

참으로 다양한 종류가 있어. 밖으로는 새, 다람쥐와 여우들, 안으로는 낯선 인간들과 그들이 데리고 온 낯선 동물들(예를 들어, 집사 친구가 데리고 온 요크셔테리어). 잊지 말아야 할 것은 네가 침범자들에게 약한 모습을 보이면, 그들은 곧 너의 음식과 물을 넘보고 캐트닙 향이 나는 장난감까지도 가지고 논다는 사실이야. 네가 가장 아끼는 자리에 떡하니 앉아있는 후안무치한 녀석을 보면 진정한 분노가 무엇인지 알게 될 거야.

영역에 대하여 꼭 알아야 할 2가지 사실

1. 고양이 세계에서 영역은 집과 정원에 한정되지는 않아. 이웃집의 정원과 도로와 그 주변 지역까지 확장할 수 있지. 쉽게 말해서 네가 영역 표시를 한 곳들이 다 영역이야.

2. 영역이 더 많아질수록 지키기는 더 힘든 법이야. 로마가 괜히 분열되었겠어? 영역이 너무 크면 다스리기가 힘들다고. 동네의 모든 잔디와 골목 하나하나에 표시를 하다 보면 야만적인 침범자들로부터 지키는 것은 거의 불가능하다는 걸 명심해.

82. 영역 표시(107쪽) 참조

122. 천둥

먹구름이 잔뜩 낀 날, 창밖으로 쏟아지는 굵은 빗줄기를 욕하면서 오늘은 밖에서 놀긴 글렀다고 생각하는 순간, 뭔가가 하늘에서 번쩍하는가 싶더니 '우르르 쾅쾅'하는 심장을 쪼그라뜨리는 굉음이 들리지. 세상의 종말을 알리는 징조라고 생각할지도 모르지만, 이것은 천둥이라고 불리는 거야. 놀라는 것은 자연스러운 반응인데, 일부 고양이들은 극심한 공포를 느끼기도 해. 하지만 대부분의 고양이들은 알지 못하는 것에 대한 불안 때문에 무서움을 느끼는 것이지. 그러니까 우선 무엇이 천둥이고 무엇이 천둥이 아닌지 알아보자고.

천둥: 번개에 의해 발생하는 충격파
천둥이 아닌 것: 집 밖에서 몸집이 거대한 개가 큰 소리로 짖어 대는 것.

물론 천둥이 무섭기는 하지만, 일단 적응되면 역으로 이용할 수도 있어. 천둥이 칠 때면 집에서 온갖 난동을 부려도 집사가 이해해 주거든. 그러니 이 완벽한 기회를 이용하는 거지. 정신없이 빠른 속도로 이 방에서 저 방으로 내달려보고, 손에 닿는 거라면 무엇이든 사정없이 긁어도 보고, 커튼에 매달려 올라가도 보고, 신발도 뜯어보고, 평소에 집사가 못 들어가게 하는 방도 들어가 봐. 아마 집사는 너의 이상 행동에 화를 내기보다는 천둥 때문에 무서워서 그런다고 오히려 가엾게 생각하고 쓰다듬고 간식을 가져다줄지도 몰라.

천둥이 무섭다고? 재미들이면 비가 올 때마다 어서 천둥이 치기를 기다리게 될걸?

[고양이의 수다]

나는 천둥이 무서워서 이러는 거야.

53. 폭죽(118쪽) 참조

123. 변기

인간의 욕실 혹은 화장실이라고 부르는 공간에는 변기라는 이상한 물건이 있어. 언뜻 보기에는 물이 담긴 하얀색 의자로 보이지만, 집사는 여기서 신문을 읽거나 전화기를 만지작거리며 시간을 보내. 하지만 가장 중요한 일은 여기서 큰일과 작은 일을 처리한다는 건데, 이른바 최첨단 모래 화장실인 셈이지. 우리 고양이들에게도 집사와 소통할 기회의 장소이기도 해. 집사가 화장실에 들어갈 기미가 보이면 먼저 달려가서 접수해! 그리곤 집사를 빤히 쳐다봐.

[고양이의 수다]

집사야. 너도 모래 화장실을 써봐.

1o. 욕실(19쪽), 78. 모래 화장실(1o4쪽) 참조

124. 훈련

많은 집사가 고양이를 훈련시켜서 '기본적'인 명령을 들을 수 있기를 희망하지. 무리 지어 활동하는 늑대로부터 진화한 개들은 누가 '우두머리'인지를 정하고 그 명령에 기꺼이 복종해. 개에게는 아주 자연스럽고 편한 일이겠지. 하지만 독립적이고 고독을 즐기고 품위를 잃지 않는 것을 모토로 삼는 우리를 겨우 '간식'과 '칭찬'으로 훈련시킬 수 있다고 생각해? 물론 우리가 집사의 명령이 무엇을 뜻하는지 모르는 것은 아니지만, 왜 원하는 대로 해줘야 하는데? 집사가 훈련 실패로 좌절하는 모습을 보면서 조금 미안한 마음이 든다면 명심해! 우리는 고양이지 개가 아니라는 사실을.

인간이 가르치고 싶어 하는 5가지 명령

명령	우리의 반응
이리 와!	왜?
가만있어!	싫어.
앉아!	지금 나한테 말한 거니?
누워!	늘 누워있지.
그만해!	뭐?

125. 나무

고양이에 관한 책에 나무와 관련한 내용이 없다는 것은 개에 관한 책에 '엉덩이 냄새 맡기' 내용이 없는 것과 같아. 나무는 그 정도로 고양이의 정체성과 따로 떨어질 수 없는 존재야.

　부드러운 나무껍질에 발톱을 다듬는 것이 두툼한 카펫, 집사의 다리, 의자 다리에 다듬는 것보다 뭔가 특별할 것은 없어. 그래도 집사의 잔소리를 듣지 않고 마음껏 다듬을 수 있다는 것은 기분 좋은

일이지.

나무가 좀 더 특별해지는 순간은 그 위로 올라갔을 때야. 잠재적 포식자와 먹이를 살펴볼 수 있는 높이를 제공해주고 혹 시끄러운 동네 큰 개가 쫓아올 때 녀석을 따돌리기에도 최적의 장소야. '군주'로서 나의 영토를 조망하는 데도 도움이 되지. 영토라고 해서 대단할 것은 없어. 지저분한 뒷마당, 녹슨 바비큐 장비, 허물어진 창고, 이웃의 부유물이 가득한 연못 정도이지만, 잠시 '군주'로서의 짐을 내려놓고 이렇게 나무 위에서 잠시 쉬는 것은 우리 고양이들의 특권이지.

나무에 갇혔을 때

나무에 갇힌 채 죽은 고양이의 뼈가 아직 발견되지 않았다는 것은 모든 고양이가 결국 땅에 무사히 내려왔다는 뜻 아니겠어?

첫 번째로 네가 해야 할 것은 절대 당황하지 말고 침착할 것! 두 번째로 해야 하는 것은 올라왔던 방식으로 내려가는 것은 생리학적으로 불가능하다는 것을 이해하는 거야. 올라갈 때처럼 머리 먼저 내려가면, 앞발이 지지할 곳이 없다는 거지. 발톱은 안으로 휘어져 있어서 내려올 때 무게를 지탱하지 못하거든.

걱정하지 마. 땅으로 무사히 내려오는 입증된 3가지 방법이 있으니까.

1. 천천히 꼬리부터 내려오는 방법
2. 빠르게 점프해서 내려오는 방법
3. 인간 구조대가 올 때까지 기다리는 방법

126. 뻔뻔하기

고마워하지 않는 것! 이것은 고양이의 삶 그 자체야. 그리고 이 도도함이야말로 우리가 개와 다른 존재인 이유야. 개에게 먹이를 주면, 점프하고 바닥에 엎드리고, 좋다고 뱅글뱅글 돌면서 짖어 대지. 반면 우리 고양이는 도도한 무관심을 유지해야 해.

집사가 무엇을 하든 그리고 어떠한 상황에서도 만족감도 고마움도 드러내선 안 돼! 집사가 군주를 모시는 것은 당연한 거니까.

예를 들면,
1. 음식을 달라고 야옹 소리를 낸다.
2. 집사가 음식을 접시에 담아서 내오면, 냄새를 맡고는 그냥 가버린다.

* 물론, 아무도 안 볼 때 얼른 돌아가서 먹어야겠지.

127. 소변 스프레이

이 행위는 생각보다 복잡한 의미를 담고 있어. (물론 하는 것은 아주 쉬워. 뿌리고자 하는 대상을 등지고 꼬리를 들고 방사하면 끝나지.) 단순히 '물러서, 이 장소는 내가 먼저 찜했어!'라고 영역표시를 하는 행위만은 아니라는 뜻이야. 일종의 감정을 전달하는 의사소통 수단이라고 생각하면 이해가 쉬울 것 같군. 야옹하고 울거나, '가르랑' 보다는 덜 세련되고 냄새도 좀 나지만 여전히 우리 고양이가 스스로를 표현하는 좋은 방법인 것을 잊지 말라고.

영역표시 이외에 스프레이를 하는 5가지 이유

1. 무서워서
2. 불안해서
3. 낯선 것을 익숙한 것으로 만들고 싶어서
4. 새로운 소파가 진짜 정말로 맘에 들지 않아서
5. 벽지를 바꾸고 싶어서

128. 진공청소기

진공청소기에 쫓기는 꿈을 꾼 적이 있어? 거실 컵 선반 아래 어둡고 무서운 동굴을 상상해봐. 그리고 그곳에 무시무시한 놈이 살고 있다고 말이지. 그래, 진공청소기가 우리 고양이에게는 그런 녀석이야. 알고 보면 이 녀석은 인간이 집을 청소할 때 쓰는 기계인데, 우리가 떨어뜨린 털 등을 치우는 일을 하지. 이 녀석이 일을 할 때면, 맹수가 포효하는 것과 같은 무시무시한 소리를 내는데, 그렇게 오래 지속되지는 않아. 보통 일주일에 두 번 정도 그 소리를 듣게 될 텐데(네가 털 갈이를 한다면 더 자주 듣겠지만), 만약 남자 집사와 단둘이 집에서 살고 있다면, 거의 들을 일이 없을 수도 있어.

129. 채소

집사들이 우리의 영양균형이 좋지 않다고 오지랖을 부릴 때가 있어. 문제는 그 불균형한 영양 상태를 채소로 보충하려고 한다는 점이야. 그런 집사들에게 꼭 들려주고 싶은 사실이 있어.

1. 우리는 채소가 필요 없어!

2. 우리는 채소가 싫어!

더 끔찍한 것은 마늘, 부추, 양파, 토마토, 아보카도 등은 우리 고양이 몸에는 아주 해로운 독이라는 사실이야. 건강을 지키고 싶다면, 절대 먹어선 안 된다고! 그냥 채소는 무조건 피하고 보는 게 상책이야.

[고양이의 수다]

나는 고양이 사료가 세상에서 제일 맛이 없는 줄 알았어. 채소를 먹어보기 전에는.

130. 수의사

몇몇 수의사들은 자신들이 꿈꿨던 일을 하고 있어. 이들은 동물을 다시 건강하게 만드는 것이 자신들의 소명이라고 생각하고 직업에 대한 만족도도 높아. 담당 동물병원 의사가 이런 사람이라면 너는 정말 운이 좋다고 할 수 있지. 하지만 불행히도 몇몇은 일반 의대에 들어가기에는 성적이 좋지 못해서 수의과를 차선으로 선택하기도 해. 이런 사람들이 고양이 항문낭을 짜면서 무슨 생각을 하겠어? 세계적인 신경외과 의사가 되지 못한 울분이 어디로 향할지는 짐작이 가겠지.

우리가 수의사를 싫어하는 5가지 이유

- 기생충이 있다면서 면전에서 망신을 주니까
- 과체중이라는 말을 해서 못 먹게 만드니까
- 우리에게 '치욕의 고깔'을 쓰게 만드니까
- 항문낭을 치료한다면서 똥꼬를 후비니까
- 예방 접종

동물 병원에 가면 벌어질 수 있는 일

- 대기실

우리는 캣 캐리어라는 감옥에 갇혀 있고, 멍청한 개는 옆에서 계속 짖어.

• 접수실

마치 호화로운 호텔에서 편안한 휴가를 즐길 것 같은 분위기지. 완전 사기니까 믿지 마.

• 저울

이게 왜 있는 줄 알아? 수의사가 심각한 표정을 하고는 집사에게 비싼 다이어트용 식품을 팔기 위해서야.

• 엑스레이(X-ray)

네가 먹으면 안 되는 것을 먹으면, 그걸 찾아 주는 기계지. 예를 들면 열쇠, 나사, 작은 장난감, 뼈, 레고 인간, 컴퓨터에 달린 마우스, 보석, 크레용, 건전지, USB, 고무줄 등등. 이곳에서는 언제나 진실이 적나라하게 드러나지.

• 수술실

고양이들이 상상하던 지옥이 현존하는 곳이야. 눈 부신 빛, 튜브가 달린 이상한 기계과 날카로운 도구 그리고 마스크를 쓴 인간.

• 개집

수술이 끝나고 동물들이 집에 돌아가기 전까지 머무는 장소지. 지붕이 있고 나무로 만든 아담한 동물 집이 아니라 삭막한 쇠창살의 우리인데, 이곳의 이름에 속으면 안 돼. 곧 깨닫게 되겠지만 개들만이 이용하는 숙소가 아니야.

[고양이의 수다]

수의사? 그들은 네 발바닥에 박힌 가시를 제거해
주지만, 고환도 제거하지.

131. 인간 깨우기

배가 고프거나 춥거나 해서 혹은 그냥 아무 이유 없이 집사를 깨우고
싶을 때가 있지. 집사는 깨우고 싶을 때 깨우면 되지만 어떻게 깨우
는지는 배울 필요가 있어. 이미 고양이 여러분들은 자신만의 집사를
깨우는 노하우가 있겠지만, 한 가지 방법만 계속 사용한다면 집사들
은 곧 익숙해져 반응이 무뎌질 수 있지. (물론 집사 귀에 대고 좀비처럼 그
르렁거린다면 일어나지 않고는 못 배기겠지만 가끔 독종들도 있다는 것을 잊지 말
라고.) 그런 때를 위한 몇 가지 팁을 소개할게.

단잠에 빠진 집사를 깨우는 15가지 효과적인 방법

1. 끊임없이 침대, 의자, 소파를 긁는다.

2. 침대 밑에 벌렁 드러누워서 발톱만으로 매트 등반하기.

3. 발톱을 꺼내서 화장대 위의 거울을 날카로운 소리가 나도록 아주 천천히 긁는다.

4. 집사 귓가에 자리를 잡고서 조용하게 '야옹'하고 울기 시작해 공습경보에 이를 만큼 점점 볼륨을 높인다.

5. 발로 집사의 얼굴을 주무른다.

6. 까칠한 혀를 내밀어 집사의 코, 귀, 입술을 핥는다.

7. 천천히 집사의 몸 위를 이리저리 걸어 다닌다.

8. 가까운 가구 위로 올라가 집사의 배나 등 위로 뛰어내린다.

9. 이불 위로 올라가 계속해서 뱅글뱅글 돈다.

10. 발로 집사의 턱을 가볍게 계속 두드린다. (지루할 정도로 서두르지 말고)

11. 엉덩이를 집사 코끝에 둔다.

12. 집사 가슴 위에 앉아서 쳐다본다.

13. 집사 발 쪽의 이불 밑으로 기어들어가서 발톱만 사용해서 머리 쪽까지 통과해 본다.

14. 진짜 자는지 자는 척하는지 확인하듯이 집사의 눈꺼풀을 들어올려본다.

15. 침대 옆 테이블로 올라가서 차례대로 집사의 소지품을 하나하

나 떨어뜨린다.

모든 것이 안 통한다면,

얼굴을 긁어버린다. (깨어나 거울을 보면 알게 되겠지. 우릴 무시한 대가가

얼마나 참혹한지.)

18. 방광(27쪽) 참조

132. 산책

우리가 개처럼 생겼어? 아니면 개처럼 짖어? 아니면 개처럼 행동해?

아니라고? 그럼 제발 우리 고양이들을 산책시키려고 하지 마!

네가 파리에 살고, 집사가 귀부인 혹은 패션을 좀 아는 스타일리

시한 사람이 아니라면, 우리 고양이에게 목줄을 채워서 거리로 나갈 이유는 전혀 없다고. 그런데도 그렇게 한다면, 넌 정말 멍청해 보일 거야.

하지만 더 끔찍한 것은 우리 고양이들도 그렇게 보인다는 점!

133. 따뜻한 자리

따뜻한 자리는 집사가 바로 앉아 있었던 모든 곳이야. 의자, 소파 아니면 침대. 자리를 덥혀놓는 것은 집사의 의무이고, 그 자리를 차지하고 앉는 것은 우리 고양이들의 권리지. 그 권리를 누리기 위해서 우리가 해야 할 일은 잠복근무를 하는 경찰과 비슷해. 다음 3가지가 성공 여부를 좌우한다는 것을 명심하도록!

주의하며 인내하라!

네가 집사가 앉아있는 따뜻한 자리를 30분째 지켜보며 기회를 노리고 있는 상황을 상상해 봐. 만약 집사가 평소보다 방광의 압박을 잘 참고, 지금 보고 있는 TV 프로그램에 몰입해 있다면 시간은 더 길어질 수도 있어. 차라리 잠이나 자는 것이 낫겠다고 포기하고 싶은 마음이 생길지 몰라. 하지만 그럴수록 더 기회를 엿보고 주시해야 해. 기회는 찰나의 순간에 사라질 수 있다는 것을 잊지 마. 잠시 졸다가 쥐를 잡는 꿈이라도 꾼다면 아주 달콤할지도 모르지. 하지만 잠에서 깨었는데 집사는 온데간데없고 그가 앉았던 자리는 이미 차갑게 식어버렸다면 그건 단지 개꿈인 거야.

미리 계획하라!

성공적으로 따뜻한 자리를 차지할 수 있는지는 치밀한 계획에 모든 것이 달려있어. 우선 집사가 자리에서 일어났을 때 몸을 어떻게 움직일 것인가를 머리에 그린 후 바로 작전을 실행할 최적의 장소에 자리를 잡아. 그리고 집사의 실제 동선이 예측과 달라질 것을 대비한 플랜B도 생각해둬. (광고 시간에 물을 마시러 일어날 것으로 예상했는데, 그냥 자리에 앉아 있을 경우 등)

속도가 생명이다!

앞서 위치 선정의 중요성을 이야기했지만, 이때 고려해야 할 것은 전체 상황을 조망할 수 있는 동시에 단 한 번의 도약으로 닿을 수 있는 거리에 있어야 한다는 거야. 명심해. 기회가 왔을 때 망설이지 말고 재빠르게 몸을 날리라고! 실패하면 기다리고 있는 것은 차가운 바닥뿐이야.

몸을 뻗어 자리를 잡은 후, 바로 눈을 감고 자는 척을 해. 집사가 너를 손가락으로 찌르거나, 움직이려고 시도한다면, 발톱을 보여주며 단호히 대처해.

134. 세탁기

우리 고양이들이 세탁기가 처음 작동되는 모습을 보면 빙글빙글 돌아가는 모습에 완전히 매료되지. 최면에 걸리는 듯한 기분도 들고. 낮은 신비한 소리와 매력적인 물소리도 들리고 뭔가 반짝이는 것들도 있고. 그렇지만 이 기계를 보느라고 시간을 낭비하지 마! 왜냐하면 지금 네가 보고 있는 것은 아무것도 아니야. 그건 단지,

- 집사의 옷이 한쪽 방향으로 돌고
- 다시 그 옷들이 반대 방향으로 도는 것.

계속 같은 일이 벌어지지. 쭈욱~

[고양이의 수다]

어때? 내 하얀 털이 더 하얗게 된 것 같아?

67. 숨는 장소(94쪽) 참조

135. 물

물과 고양이의 관계는 물과 서쪽의 사악한 마녀의 관계와 같아. (역자 주: '오즈의 마법사'에 나오는 서쪽의 마녀는 약점인 물을 뒤집어쓰고 죽는다.) 인간은 우리가 매일같이 그루밍을 해대며 깔끔 떨면서 정작 물을 싫어하는 것에 의아해하지. 그렇다고 어리석게 이 자명한 사실을 시험해 보고자 하는 집사는 응당한 대가를 치르게 될 거야. 할퀸 손에 연고를 바르느라 정신이 없게 되겠지.

그런데 우리는 왜 이렇게 물을 싫어하는 걸까? 일부 생물학자들은 우리가 물을 싫어하게 진화한 것은 물에 사는 포식자를 피하기 위해서라고 주장하기도 해(사자조차도 악어를 무서워하니까). 또는 몸이 축축하게 젖어서 냄새가 나게 되면, 몰래 사냥하는 데 발각되기 쉽기 때문이라고도 하고. 이런 것을 듣고 있자면 인간은 항상 엉뚱한 데서 어렵게 답을 찾으려 한다는 생각을 떨칠 수가 없어. 진짜 이유를 말해줘? 옷이 흠뻑 젖었는데 갈아입지 못할 때의 불쾌함을 기억한다면, 늘 털옷을 입고 있는 우리가 왜 물을 싫어하는지 모르겠어?

9. 목욕(17쪽) 참조

136. 블라인드

세탁기나 건조기 안처럼 안전하게 보이지만 피해야 할 것들이 있어. 벽난로, 이웃집 오두막 그리고 블라인드가 바로 그것이야. 블라인드는 시야를 가리지 않고 밖을 보여주니까 처음에는 마음에 들 수도 있지만, 창문 장식을 위장한 파리지옥이라는 것을 잊어서는 안 돼. 까딱 잘못해서 몸이 끼어 버리면 아주 곤란해. 집사가 오기 전에 발톱과 온몸을 이용해 용케 잘 빠져나온다고 해도, 범행 현장을 감추는 것은 어려운 일이지.

137. 마녀와 마술

자신이 고양이라고 확신해? 얼핏 그렇게 보일지도 모르지만, 어쩌면 아닐지도 몰라. 물론 말도 안 되는 수많은 고양이 루머 중 하나로 들리겠지만, 마녀와 마술에 관하여 심취한 사람들은 고양이를 동물의 형태를 한 사역마라고 생각하기도 해. 주로 하는 일은 마녀가 저주나 주문을 할 때 도와주는 것이지만, 그냥 마녀의 친한 벗이기도 하지. 대부분의 사역마는 세일럼, 파이와켓, 크룩섕크 등의 이름으로 불리는데 보통 짧은 털을 가진 검은 고양이 혹은 진저 고양이이야. 뚱뚱한 얼룩 고양이가 저승의 이미지로는 안 어울리잖아? 마찬가지 이유로 만약 네가 털이 복슬복슬한 하얀 고양이라면 혹 사역마가 아닐까 걱정할 필요 없어.

스스로 사역마인지 아닌지를 판단하는 손쉬운 방법은 자신이 초

자연적 능력을 가지고 있는지를 확인하는 것이지. 한 번에 펜스를 넘는 점프력, 빨랫줄 위를 걸어갈 수 있는 균형감각은 우리 고양이의 타고난 민첩성과 운동능력이지 초자연적인 것은 아니야. 물론 이런 것들이 잠자고 있는 사역마 능력의 힌트가 될 수도 있겠지만, 지금 함께 살고 있는 집사가 마녀인지 아닌지를 확인하는 것이 먼저야.

집사가 마녀일지도 모르는 7가지 징조

1. 페이스북 아이디가 '숲속의 정령'이거나 '달의 딸' 같은 거다.
2. 크리스마스보다 춘분과 추분을 더 좋아한다.
3. 한밤에 발가벗고 숲을 돌아다닌다.
4. 르쿠르제 냄비 세트보다 가마솥을 선호한다.
5. 할로윈 데이를 웃고 떠들며 즐기기보다는 경건하게 보낸다.
6. magic이라는 단어를 쓸 때 magick라고 끝에 k를 붙인다.
7. 자동차 뒤 유리창에 '나의 다른 차는 빗자루지요'라고 적혀 있다.

138. 실

복잡하고 비싸기만 한 캣타워 따위는 잊어버려. 고양이가 가장 즐겁게 놀 수 있는 도구는 너무 단순한 거야. 실뭉치! 그래, 그냥 둥글게 공처럼 말아 놓은 실뭉치! 이왕이면 울로 된 거면 금상첨화지.

인간들은 실을 이용해서 옷을 만들어. 혹은 삶이 무료하면 주전자 받침대를 만들기도 해. 한때 유행한 적도 있었지만 안타깝게도 '뜨개질'은 예전만큼 인기가 좋지 못해. 운이 좋아서 집사의 취미가 뜨개질이라면 집 안에서 실뭉치를 어렵지 않게 찾을 수 있어. 죽은 쥐를 치고 돌아다니는 듯, 요 녀석을 이방 저방 몰고 다니는 것은 정말 즐거워. 실과 씨름하다가 온몸이 실로 엉켜 버리면 문득 고양이로 태어나길 잘했다는 생각마저 들어.

실을 가지고 놀 때 알아야 할 것

- 집사가 어디에 뜨개질 상자를 두는지 파악해.
- 먹지 마! 실이지 스파게티가 아니니까.
- 아크릴 실을 가지고 놀지 마. 우리도 급이라는 것이 있다고.
- 집사가 뜨개질할 때, 무릎에 있는 실뭉치를 툭 쳐서 떨어트려서 확보해!

- 혹시라도 집사가 '초끈이론'에 관해서 이야기하는 것을 엿들었다고 흥분하지 마. 새로운 실에 관한 이야기가 아니니까. 우주의 구조와 중력에 관한 물리 이론이지. 그런데 정말 우주가 실(초끈)로 이루어진 것이라면 너무 멋질 것 같지 않아? 캣토피아를 멀리서 찾을 필요가 없다니까.

 ※ 임신했을 때, 실뭉치를 가지고 놀면, 벙어리장갑을 낳는다는 것은 사실이 아니야.

[고양이의 수다]

내가 옷을 좋아한다지만 이건 좀 과한 것 같지 않니?

139. 벌레

마음이 편안하고 따뜻하다면 그건 우리가 아주 만족스럽다는 뜻이지. 만약 무기력과 배고픔 그리고 만성적인 설사와 함께 온다면, 그건 〈구토〉에서 사르트르가 표현한 실존적 자각 때문인 걸까? 아니야. 기생충이 찾아온 거야.

기생충 치료제는 알약도 물약도 있으니까 꼭 주사일 필요는 없어. 기생충 때문에 가장 상처받는 부분은 장이 아니고 사회적 체면이지.

140. 고양이 요가

우리 고양이들은 교통지옥을 겪을 필요도 없고, 짜증 나는 상사도 없고, 돈 문제도, 그리고 속 썩이는 아이들도, 변덕스러운 사회관계도 없잖아? 그런데 운이 없으면, 집사들이 자기들 스트레스 푸는 곳에 우리를 데려간다고. 이번 고양이 요가 수업에 대해서 내가 무얼 말하려는지 눈치챘겠지?

나도 알아. 말도 안 된다는 것을. 하지만 사실이야. 고양이 요가는 실제로 존재하는데, 역설적이게도 우리에게는 너무 스트레스를 준다고. 우리 고양이들은 그냥 집에서, 따뜻하고 안락한 곳에 몸을 말고 앉으면 너무 편하고 좋아. 도대체 왜 우리가 통풍도 안 되는 장소에서 우쭐대는 아줌마들이 몸을 뻗고 구부리고 하는 동안 할 일 없이 떠돌면서 집에 가기만을 기다려야 하는 거지? 듣기에 요가 클럽에서는 고양이들과 함께 있는 것이 긴장을 완화시키고 정신력을 높이는

데 도움이 된다고 설명한대. 그뿐만이 아니라 이렇게 하면 우리 고양이와 집사들의 유대 관계가 증진되고, 우리 '고양이들의 카르마'를 자유롭게 해준다나 뭐라나.

'차크라'를 깨끗이 하는 대신 그 시간에 똥꼬나 핥아서 깨끗이 하는 게 낫겠어. 고양이 요가라고? 개들의 말을 빌리자면 그건 다 개소리야.

[고양이의 수다]

정말 내 긴장이 풀리고 있는 것처럼 보이니?

화낼 거냥?
고양이의 행복한 삶을 위해 집사가 알아야 할 고양이의 속마음

1판 1쇄 펴냄 2019년 5월 20일

지은이 키티 퍼스킨
옮긴이 임현석
펴낸이 정현순
디자인 전영진
인 쇄 ㈜한산프린팅

펴낸곳 ㈜북핀
등 록 제2016-000041호(2016. 6. 3)
주 소 서울시 광진구 천호대로 572, 5층 505호
전 화 070-4242-0525 **팩스** 02-6969-9737

ISBN 979-11-87616-64-1 03840
값 12,000원